간찰 선비의 일상

겸산선생謙山先生 간찰필첩簡札筆帖

간찰簡札, 선비의 일상

겸산선생謙山先生 간찰필첩簡札筆帖 해제解題

우전雨田 신호열辛鎬烈의 스승,
겸산謙山 이병수李炳壽 친필 간찰 서식집

　몇 해 전 우연한 인연으로 한학자인 금곡琴谷 봉원동奉源東 선생과 교류를 맺게 되었다. 하루는 자신의 집안에 전해오는 필첩을 나에게 보여주어 펼쳐보니 겸산謙山 이병수李炳壽(1855~1941) 선생의 유려한 필치로 기록된 서식집이었다. 한참을 고민하다 연구자들을 제외한 일반인들에게는 이미 과거가 되어 버린 간찰의 서식과 초서를 학습하는 데 조금이나마 도움은 되겠다는 생각에 출판의 뜻을 내보이자 흔쾌히 허락해 주었다.

　본 필첩은 겸산 이병수의 친필 서식집으로, 간찰의 서식을 익히도록 제자인 약재若齋 봉필주奉弼周(금곡의 조부)에게 내린 책이다. 약재는 겸산 집안의 큰 조카인 우송友松 이창연李昌衍의 딸과 혼인을 맺는 등 사제지간 이상의 관계를 맺고 있는 것으로 보아 겸산의 친필이 틀림없다.

1. 겸산謙山 이병수李炳壽의 일대기[1]

　겸산은 나주유림을 대표하는 학자이다. 그는 세종 때 검교 판한성부윤檢校判漢城府尹을 지낸 이백량李伯良(?~1457)의 후손으로 본관은 양성陽城이다. 1855년 광산군 삼도면 송산리(지금의 광주시 광산구 삼도동)에서 이흥구李興九의 장남으로 태어나, 종숙從叔인 용석龍石 이준구李俊九에게서 글을 배웠다. 이후 노사蘆沙 기정진奇正鎮(1798~1879)의 문인들과 활발한 교류를 하지만 그와 사승관계라고 볼 만한 행보를 드러내지 않았다.

　그는 남인의 당색이 짙은데, 그의 문인의 가장家狀에, "퇴계 선생보다 수 백 년 뒤에 나셨으므로 사제師弟의 연원을 댈 수야 없지만 이전 현인의 심서心緒를 얻었다."고 하고, 겸산 스스로도 "퇴계의 글을 주자의 글 속에 뒤섞어 놓는다면 후인들이 변별하기 어려울 것이다."라며 주자의 반열에까지 높여 퇴계의 학문을 숭모한 것으로도 미루어 짐작할 수 있다.

　1894년 갑오개혁 때 과거제의 폐지로 더 이상 벼슬을 하지 못하게 되자, 30대 후반부터 평생 후학양성에 힘을 기울였다. 1893년 민종렬閔種烈이 나주목사로 부임하여 향약을 설치할 때, 겸산은 도약소都約所에서 향약의 일을 하던 직월直月의 임무를 맡았다. 동학농민군이 봉기하자 민종렬은 초토사로 난을 토벌할 때 겸산을 초빙하여 토

1　한영규(2005, 2007), 〈한말일제하 羅州儒林의 逸民 의식과 伯夷 이해〉《반교어문학 19집》, 〈한말일제하 羅州儒林의 현실인식과 글쓰기〉《반교어문학 22집》을 참고하여 정리함.

벌할 계책을 협의하였고, 다음해 기우만奇宇萬을 도와 의병을 일으키는 데 참여하였다.

이후 일제의 침략이 노골화되는 때 은일隱逸한다. 신호열의 〈겸산선생행장謙山先生行狀〉에, "경술국치(1910년)를 당하자 선생은 목소리를 잃을 정도로 애통해 하고 죽고 싶은 마음에 여러 날 자지도 먹지도 않았다. 하루는 이주서李注書가 와서 함께 시를 짓고 …… 또 채미가를 읊으며 이르기를, '눈 들어 산하를 둘러보니 괴이하고 인물의 그릇됨에 가슴 아프네. 원하는 것은 고죽자孤竹子를 따라 수양산 고사리를 캐는 일이라네.'라고 하였으니 이 몇 수만 읽어보아도 선생의 마음을 알 수 있다.[及庚戌七月之變 先生失聲大慟 如不欲生 累廢寢食 一日 李注書至 同作心鮮詩……又採薇吟云 擧目山河異 傷心人物非 願從孤竹子 博採首陽薇 讀此數詩 可以知先生之心矣]"라고 하여 적극적 은둔과 강학적 삶의 이유를 적고 있다. 그 일환으로 1918년 함평으로 이주하면서 본격적으로 강학을 하게 된다. 1931년 나주 본량면(지금의 광주시 광산구) 송림松林에서, 1936년에는 송산정사松山精舍를 세워 제자들을 길렀는데, 본 필첩 역시 이 무렵에 써준 것으로 추정된다. 이후 1941년 향년 83세로 세상을 떠났다.

그의 사후 간행된 《겸산선생연원록謙山先生淵源錄》의 〈문인록文人錄〉에 기록된 제자의 수는 744명으로, 호남을 대표하는 유학자인 기정진 제자들의 수가 600여 명이었던 것과 비교해 보아도 그가 강학에 얼마나 힘을 기울였는지 짐작할 수 있다. 그의 제자 중 대표적인 인물로 민족문화추진회(현 한국고전번역원)에서 강의와 번역으로 큰 족적을 남긴 우전雨田 신호열辛鎬烈(1914~1993)이 있다.

2. 구성과 특징

　서식집은 '혼서식婚書式'에서부터 '최촉반서서催促返書書'까지 79쪽
에 총 40편과 2종류의 피봉皮封형식으로 구성되어 있는데, 그 가운
데 '혼서식婚書式', '언장식唁狀式', '성주전상서城主前上書', '상재상서上
宰上書', '함장전상서函丈前上書' 4편을 제외하고는 따로 제목을 부여하
지 않았다.

　앞머리에 혼인할 때 주고받는 간찰의 서식 총 8편 −'혼서식婚書式',
'납채서納采書', '납기서納期書', '납폐복서納幣復書', '우귀례서于歸禮書'
와 '답서答書', '여사돈서與査頓書'와 '답서'−을 두어 실용적인 면을 강
조하였다. 특이한 점은 1894년 갑오개혁 때 과거제도가 이미 폐지되
었음에도 불구하고 '성주전상서城主前上書', '상재상서上宰上書'와 같이
이전시대 관직자에게 보내는 서식을 두었는데, 이러한 이유는, 《간례
휘찬簡禮彙纂》의 과거조科擧條에, "지금은 과거제도가 폐지되었지만
옛날 선비들이 벼슬에 나아가는 길이었기 때문에 그 조목을 그대로
두어 예를 존중하였다.[今雖廢止 此是舊日 士子出身之階 故仍存其目 以
之愛禮]"라고 한 관념과 동일하다. 이러한 근거는 '성주전상서城主前上
書', '상재상서上宰上書', '상관찰사서上觀察使書'의 서식에 따로 답서答
書를 제시하지 않음으로써 '애례愛禮'에 의미를 둔 것임을 알 수 있다.

또한 전통적으로 서찰에 글자를 배치하는 기본형식인 '글자높임[擡
頭]', '줄바꿈[改行]', '글자띄움[間字·隔字]', '작게 쓰기[差小法]' 중 '줄
바꿈'과 '글자띄움', '작게 쓰기'만 표현했을 뿐 '글자높임'의 서식은 보
이지 않는다. 이는 필사본의 성격상 '글자높임'의 형식을 취하면 동일
한 줄을 모두 비워두어 종이를 낭비하는 경우가 발생하기 때문인 것
으로 추정된다.

이처럼 글자를 포치布置함에 있어서 일정한 형식과 격식을 두는 이
유를, 《신식비문척독新式備門尺牘》의 서문에는, "친척과 붕우들이 서
로 먼 곳에 있어 서간이 아니면 자신의 뜻을 말하거나 소식을 통할
수 없다. 그렇지만 말과 글자를 배열함에 어떤 때는 규범을 어기기
도 하여, 좋은 의도나 아름다운 말을 한다는 것이 도리어 남의 악감
정을 일으키게 하는 매개체가 되니, 등한시 할 수 없는 것이 바로 이
러한 것이다.[親戚友朋 相在遠方 苟非書簡 不能道其意而通其信 然措語下
字 或違乎規矩 便以好意美語 返作起人惡感之媒 其不可等閒視之者 乃如是
也]"라고 하여 매우 엄격하게 지켜야 할 예의의 하나로 본 데서 찾을
수 있다.

서식집에서 제시하고 있는 피봉의 서식은 모두 2종류로, 첫 번째는
관찰사에게 보내는 서식으로 '선당宣堂 하집사下執事 입납入納/모군某
郡 모생某生 상서上書'이고, 두 번째는 관아官衙로 보내는 서식으로 '모
군某郡 정각政閣 하집사下執事 입납入納/모군某郡 모동某洞 상서上書'
이다. 두 종류 모두 벼슬아치에게 보내는 서식만 제시하고 일반적으
로 사용되는 피봉의 양식을 모두 생략하였다.

　나의 외증조부께서는 시골의 한미寒微한 선비였다. 어머니의 기억 속 외증조부는 언제나 공부만 하셨고, 매일 찾아오는 손님들을 치르느라 가족들은 언제나 고달팠다. 게다가 남의 자식들 공부로 인해 정작 자신의 장남은 가족들 생계를 위해 일생을 농사에 파묻혀 살았다. 그러나 외조부는 일생동안 그러한 당신 아버지를 원망하거나 자신의 주어진 삶에서 도망하지 않은 채 마치 하늘이 내린 숙명인 양 그냥 그렇게 이름 없는 시골 농사꾼으로 11남매를 기르며 평생을 하루같이 살았다. 당신의 아버지가 돌아가신 후에도 원망이나 그리움조차 입 밖으로 꺼내지 않음으로 소극적 서운함을 드러냈다.

　겸산선생 역시 나의 외증조부와 비슷한 시대를 살았던 지식인이다. 생계를 아들에게 내맡기면서까지 평생을 공부와 강학에 전념했을 그들의 삶이 농사꾼이라는 숙명을 오롯이 받아들인 외조부의 삶과 결코 다르지 않았을 것이라고 지금은 고인이 되신 외조부를 위로해 본다. 이번 작업을 통해 어렴풋이나마 한 시대를 치열하게 살았던 그 분들의 삶에 경의를 표하며, 끝으로 출판을 허락해준 동학同學이자 원고를 꼼꼼히 살펴봐준 도서출판 수류화개 대표 전병수 선생께 감사를 드린다.

구일헌九一軒에서 박상수 씀.

― 목차 ―

[일러두기]

1. 원문대조의 편의를 위해 왼쪽에 원문, 오른쪽에 탈초본을 배치함.
   단 탈초본은 원문글자와 동일한 위치에 둠.
2. 각 서식의 뒤에 원문 열람의 편의를 위해 한 페이지에 탈초하여 정리함.
3. 원문 오자誤字는 탈초에서 [ ]로 표시하여 바로잡음.
4. '婚書式', '唁狀式', '星主前上書', '上宰相書', '函丈前上書'를 제외한 나머지
   서식은 내용을 참고하여 임의로 제목을 닮.
5. 원본의 주석은 아랫단에 작은 글씨로 처리함.
6. 각 달의 이칭과 고갑자를 부록으로 닮.

간찰 선비의 일상

겸산선생謙山先生 간찰필첩簡札筆帖

박상수 탈초 번역

1. 혼서식婚書式 – 청혼서請婚書

婚書式

尚稽識荊 祗切責沈 謹問辰下

尊體崇護萬寧 就 親事旣

蒙不退 感幸良深 星帖書

示之 若何 只希鑑亮 不備伏

惟

혼서식婚書式[1] – 청혼서請婚書

尚稽識荊, 祗切責沈. 謹問辰下, 尊體, 崇護萬寧. 就, 親事, 旣蒙不
遐, 感幸良深. 星帖書示之, 若何? 只希鑑亮, 不備伏惟.

여태껏 흠모만하다가 이렇게 늦게서야 당신을 만나게 되어[2] 매우
부끄럽습니다[3]. 요사이 잘 지내시는지요[4]?

드릴 말씀[5]은, 이미 혼인을 허락해 주시니[6] 감사한 마음 참으로
깊습니다. 사주단자四柱單子[7]를 보내주시는 것이 어떻습니까?

살펴 주시기 바라며 이만 줄입니다[8].

---

1. **혼서식**: 청혼할 때 신랑집과 신부집에서 주고받는 서식書式.

2. **당신을……되어**: 원문은 '識荊'. 평소 흠모하던 상대를 만남. 이백李白이 형
   주자사荊州刺史 한유韓愈에게 편지를 보내, "천하의 선비들이 모여, '태어
   나서 만호萬戶의 제후諸侯에 봉해지기를 원치 않고, 한번이라도 한형주韓
   荊州를 만나고 싶다.[生不用封萬戶侯 但願一識韓荊州]'"고 한 데서 유래함.
   《고문진보후집古文眞寶後集》〈여한형주서與韓荊州書〉

3. **부끄럽습니다**: 원문은 '責沈'. 당대의 현인을 알지 못하여 부끄러워함. "진영중陳塋中이 백순伯淳을 알지 못한 것을 스스로 부끄러워 하며 〈책심문責沈文〉을 지었다."고 한 데서 유래함.《서언고사書言故事》

4. **요사이……지내시는지요**: 원문은 '謹問辰下 尊體 崇護萬寧'. '辰下'는 '요사이'라는 뜻으로, 비간比間·비래比來·비신比辰·비일比日·비자比者·비천比天·비하比下 등으로도 씀. '尊體'는 상대방의 안부를 이르는 말로, 존리尊履·존위尊衛·존후尊候 등으로도 씀. '崇護'는 상대방의 건강 상태를 높여 이르는 말로, 가위加衛·숭위崇衛·신위神衛·익위益衛·중위重衛·증위增衛·진위珍衛·청위淸衛 등으로도 씀.

5. **드릴 말씀**: 원문은 '就'. 편지에서 하고자 하는 말의 도입부에 쓰는 말. '就'는 '다른 말은 각설하고 관계된 일만 말하다.[除却他說 惟就所關事而言也]'는 뜻으로, 잉백仍白·잉번仍煩·제第·제고第告·제공第控·제번第煩·제중第中·차고且告·차번且煩·취고就告·취공就控·취달就達·취백就白·취복백就伏白·취송就悚 등으로도 씀.

6. **이미……주시니**: 원문은 '旣蒙不遐'. "군자를 만나보니, 나를 멀리하여 버리지 않았도다.[旣見君子 不我遐棄]"라고 한 데서 유래함.《시경詩經》〈주남周南·여분女墳〉

7. **사주단자**: 원문은 '星帖'. 혼인할 때 각각 그 혼례를 주관하는 사람이 혼인하는 당사자의 이름, 나이, 본관 등을 써서 주고받는 문서. 강서剛書·경첩庚帖·사성四星·사성단자四星單子·성단星單 등으로도 씀.

8. **이만 줄입니다**: 원문은 '不備伏惟'. '不備禮 伏惟下鑑'의 준말로, '예를 갖추지 못하였으니 살펴보아 주십시오.'라는 의미임.

2. 납채서納采書

恒切拍序之私冀詩縣楮之

誼護感分斗淫水金

菁牲復在康福仰賀之私

軟事 生涯孫重至柱具

草草中耳伏惟照蕘

蕘炤

恒切拜床之願　蒙許聯楣之

諾　鎬感何斗　謹拜審

尊體履茲康福　仰賀仰賀　就

親事　盛誨珍重　星柱具

單奉聞耳　餘不備　恭希

尊照

납채서 納采書[1]

恒切拜床之願, 蒙許聯楣之諾, 鐫感何斗? 謹拜審尊體, 履茲康福,
仰賀仰賀. 就, 親事, 盛誨珍重, 星柱具單奉聞耳. 餘不備, 恭希尊照.

아드님을 사위로 맞이하고[2] 싶은 마음 늘 간절했는데 저희 딸과
의 혼인[3]을 허락해 주시니 가슴에 새겨 잊지 못하는 감사한 마음
을 어떻게 헤아리겠습니까? 요사이 잘 지내신다니 축하드립니다.
혼인에 대한 말씀을 소중히 여기며 사주단자를 올립니다.
나머지는 이만 줄이니 살펴주시기 바랍니다[4].

1. **납채서**: 신랑의 생년월일시生年月日時를 적은 사주四柱를 신부 집으로 보낼 때의 서식.

2. **사위로 맞이하고**: 원문은 '拜床'. 극감郄鑑이 자신의 문하생에게 왕도王導의 문하에서 사윗감을 고르도록 하였는데 왕씨 집안의 여러 소년들이 이 말을 듣고 모두 자신을 칭찬하였지만 왕희지王羲之만은 배를 드러내고 동상東床에 누워 모른 체하자 그를 사위로 삼았다는 데서 유래함.《진서晉書》〈왕희지열전王羲之列傳〉

3. **혼인**: 원문은 '聯楣'. 두 집안이 혼인맺음. '連楣'라고도 함.

4. **살펴주시기 바랍니다**: 원문은 '恭希尊照'. '尊照'는 '상대가 비추어 살펴봐 주다.'는 의미임.

3. 납기서納期書

昨承

惠覆　如獲朋錫　伏問比間

靜體候增吉　就　親事　旣承

庚帖　玆筮鴈朝　具如別單

可否端拜以竢　更請錄示

章制　不備伏惟

납기서 納期書[1]

昨承惠覆, 如獲朋錫. 伏問比間, 靜體候增吉? 就, 親事, 旣承庚帖, 玆
筮鴈朝 具如別單, 可否端拜以竢. 更請錄示章制. 不備伏惟.

　어제 보내신 편지를 받고 마치 많은 돈이라도 얻은 듯[2]하였습니다.
요사이 정양靜養하시는 안부[3]는 더욱 좋으신지요?

　혼사에 관한 사주단자[4]는 벌써 받았습니다. 혼례날짜[5]는 별도의
단자에 기록한 것과 같으니 단정히 절하고 결정을 기다리겠습니다.
신랑 옷의 치수를 적어[6] 보내주시기를 다시 한 번 청합니다.

　이만 줄입니다.

1. **납기서**: 신부집에서 신랑집에 혼인 날짜를 정해 알리는 서식.

2. **많은……듯**: 원문은 '朋錫'. "무성한 풀이 언덕에 있구나. 이미 군자를 보았으니 나에게 백붕을 준 것 같다.[菁菁者莪 在彼中陵 旣見君子 錫我百朋]"고 한 데서 유래함. 백붕百朋은 옛날 화폐로, 5패貝가 1붕朋임. 《시경詩經》〈소아小雅·청청자아菁菁者莪〉

3. **정양하시는 안부**: 원문은 '靜體'. 소용히 수양하는 상대의 안부를 물을 때 쓰는 말.

4. **사주단자**: 원문은 '庚帖'.

5. **혼례날짜**: 원문은 '鴈朝'. 혼례 때 신랑이 신부집에 기러기를 가지고 가서 상 위에 올려놓고 절하던 예.

6. **신랑……적어**: 원문은 '章制'. 신랑 옷의 치수를 적은 문서.

4. 납폐복서納幣復書

若蒙

覆牋感佩筆拏渾書

書止畫此亲旺逵賀無斁

托取子盞危叶吉吉垂裙

以壹納岀如征衣不六其好

單耳許等謹意惟以此堂

荐賜

寵牘 感佩采篤 謹審

動止 對時衛旺 慰賀無斁

就親事 筮旣叶吉 幸無碍掣

行當納徵如禮 衣尺亦具如別

單耳 餘冀鑑亮 不備伏惟

26

납폐복서 納幣復書[1]

荐賜寵牘, 感佩采篤. 謹審動止, 對時衛旺, 慰賀無斁. 就, 親事, 筮旣叶吉, 幸無碍挈行, 當納徵如禮, 衣尺, 亦具如別單耳. 餘冀鑑亮, 不備伏惟.

거듭 편지[2]를 보내주시니 감사한 마음 더욱 간절합니다.

천시天時에 순응[3]하여 잘 지내신다니 위안이 되는 마음 끝이 없습니다[4].

혼사는 이미 길일吉日이라 지장 없이 잘 치를 수 있을 것입니다. 폐백幣帛[5]은 예禮에 맞게 보냈고 옷의 치수는 모두 별도의 단자에 기록한 것과 같습니다.

나머지는 살펴주시기를 바라며 이만 줄입니다.

1. **납폐복서**: 폐백을 할 때 신랑집에서 보낸 납폐서納幣書를 받고 신부집에서 보내는 답장 서식.

2. **편지**: 원문은 '寵牘'. 상대의 편지를 높여 이르는 말. '寵'은 상대가 특별히 자신을 총애하여 보내준 편지. 총묵寵墨·총찰寵札·총한寵翰 등으로도 씀.

3. **천시에 순응**: 원문은 '對時'. '대시對時'는《주역周易》무망괘无妄卦〈대상전大象傳〉에 나오는 말로, 정이천이 "천시에 순응함 이른다.[謂順合天時]"고 함.

4. **천시에……없습니다**: 원문은 '謹審 動止 對時衛旺 慰賀無斁'. '謹審'은 주로 편지에서 상대방의 사정이나 형편, 의견 따위를 살펴 알았다는 말로, 답장에 쓰는 투식.

5. **폐백**: 원문은 '納徵'. 혼인 때 신랑집에서 신부의 집으로 보내는 폐백으로, 흔히 푸른 비단과 붉은 비단을 보냄.

5. 우귀례서于歸禮書

禮席 不免凌遽 未罄諸蘊

此心耿結 宿昔而逾篤 未審

御者 穩返衡泌

啓居增重 寶潭枚休 區區漵

昂如水注東 弟 只是一樣勞

碌耳 允玉 看看奇愛 儘覺

批聖主收在内任委之說帳

彰厨帑楊彼兔若勉養之

垂心修之不堪兔虐諸邸

綻宴源出悸

光炤上此

典型之攸在 而信處言旋帳

薪悵薪 廚帑枵然 兎首瓠葉 亦

無以供遣 果能免厚誚耶

統希源源 不備伏惟

兄炤 上狀

우귀례서 于歸禮書[1]

禮席, 不免凌遽, 未罄諸蘊, 此心耿結, 宿昔而逾篤. 未審御者, 穩返衡
泌, 啓居增重, 寶潭枚休, 區區溸昂, 如水注東. 啓居弟, 只是一樣勞碌
耳. 允玉, 看看奇愛, 儘覺典型之攸在, 而信處言旋 悵薪悵薪. 廚帑枵
然, 兔首瓠葉, 亦無以供遣, 果能免厚誚耶? 統希源源, 不備伏惟, 兄炤
上狀.

혼례 자리에서 너무 급히 서두르느라 그동안 쌓였던 이야기도 다
나누지 못해 서운했던 마음이 시간이 갈수록 더욱 간절해집니다.

사돈[2]께서는 댁[3]으로 잘 돌아가셨는지요? 안부[4]는 좋으시고 식구[5]
들은 다 잘 계시는지요? 물이 마치 동쪽으로 흐르듯[6] 그립습니다.

저는 한결같이 바쁘고 고달프게 지내고 있습니다. 사위[7]는 볼수
록 기특하고 사랑스러워 규범이 있는 집안에서 자랐음을 알 수가
있었는데 이틀만 묵고[8] 돌아간다니 서운하였습니다. 아무 가진 것
없는 살림살이에 토끼 머리와 박 잎[9] 같은 보잘 것 없는 음식조차
보내지 못해 심한 꾸지람이나 듣지 않을는지요?

정이 끊어지지 않기를 바라며 이만 줄입니다. 형께서 살펴주시기
를 바라며 편지를 올립니다.

1. **우귀례서**: 우귀례 때 딸을 시집으로 보내면서 신랑집으로 음식과 함께 보내는 서식. '우귀于歸'는 신부가 혼인한 후 처음으로 시집에 들어가는 것으로, 풀보기·해현례解見禮라고도 함.

2. **사돈**: 원문은 '御者'. 원래는 여행 중인 상대를 이르는 말이지만 여기서는 사돈을 이름. 마부馬夫를 지칭하여 직접 상대를 이르는 것을 피하던 관례.

3. **댁**: 원문은 '衡泌'. 상대의 거처를 이르는 말. "누추한 집에서 편히 쉴 수 있으니, 졸졸 흐르는 냇물을 보며 굶주림을 잊고 살만하다.[衡門之下 可以棲遲 泌之洋洋 可以樂饑]"고 한 데서 유래함.《시경詩經》〈진풍陳風·형비衡泌〉

4. **안부**: 원문은 '啓居'. 기후류氣候類에 속하며, 계처啓處·기거起居·이용履用·이황履況·체리體履·흥거興居 등으로도 씀.

5. **식구**: 원문은 '寶潭'. 상대방의 식구를 높여 이르는 말. 고당高堂·귀댁貴宅·금당錦堂·보권寶眷·보담寶覃 등으로도 씀.

6. **물이……흐르듯**: 원문은 '水注東'. 중국은 지형상 동쪽이 낮아 모든 물들이 동쪽으로 흐른다. 때문에 물이 동쪽으로 흐르는 것은 자연스러운 현상이므로 자신이 상대를 그리워하는 마음 역시 자연스러운 것임을 이름.

7. **사위**: 원문은 '允玉'. 상대의 아들을 이르는 말이지만 여기서는 자신의 사위를 이름.

8. **이틀만 묵고**: 원문은 '信處'. 여기서 '信'은 "손님이 유숙하고 유숙하며, 손님이 이틀 밤을 묵고 묵으니.[有客宿宿 有客信信]"라고 한 데서 유래함.《시경詩經》〈주송周頌·유객有客〉

9. **토끼……잎**: 원문은 '兔首瓠葉'. 토수兔首와 호엽瓠葉은 보잘것없는 음식을 이름. "토끼 머리를 지지고 구워서, 군자가 마련한 술 따라 손님에게 권하네.[有兔斯首 炮之燔之 君子有酒 酌言獻之]"라 하였고, 또 "펄렁펄렁 박잎을 따서 삶아, 군자가 마련한 술 맛보네.[幡幡瓠葉 采之亨之 君子有酒酌言嘗之]"라고 함.《시경詩經》〈소아小雅·호엽瓠葉〉

6. 답서答書

玄禮利成　兒還兼承

華械擎手莊誦　留作案寶

謹審數漢禪

體度益旺　仰賀萬萬弟帶

暮還巢餘憶尚存而新人淑

範着在阿睹中　情理固如是

研[領]物何至乃云祇切來安得立待者[卞]藏[建]生懷吾[妹]沿上[此]

耶 饌物 何其過慮 旋切未

安餘在續候 不戩禮 伏惟

尊炤 謝上狀

답서答書

奎禮利成, 兒還兼承華械, 擎手莊誦, 留作案寶. 謹審數漢禪, 體度益旺, 仰賀萬萬. 弟, 帶暮還巢, 餘憊尙存, 而新人淑範, 着在阿睹中, 情理, 固如是耶? 饌物, 何其過慮? 旋切未安. 餘在續候, 不蔵禮. 伏惟尊炤, 謝上狀.

혼례[1]를 치르고 돌아오는 아이 편에 편지를 받아 읽어보고 책상 위에 보배처럼 귀하게 두었습니다. 며칠 밤이 지났는데[2] 잘 지내신다니 경하드립니다.

저는 저물녘에 집으로 돌아왔고 여독은 아직 풀리지 않았습니다. 며느리의 정숙한 범절이 눈에 들어오니 정이란 것이 참으로 이런 것인지요? 풀보기 음식[3]은 어떻게 이렇게까지 과분하게 염려를 하셨는지, 마음이 너무 편치 않습니다.

나머지는 다음에 전하기로 하고 이만 줄입니다. 살펴주시기를 바라며 답장을 올립니다.[4]

1. **혼례**: 원문은 '졸禮'. '合졸禮'의 준말. 결혼식의 대례大禮 때 신랑신부가 술
   잔을 서로 주고받는 절차.

2. **며칠……지났는데**: 원문은 '數漢禪'. '漢'은 '은하수[銀漢]', '禪'은 '물러남[謝]'
   의 의미.

3. **풀보기 음식**: 원문은 '餪食'. 신부가 혼례를 치른 뒤 처음 시부모를 뵈러 가
   는 의례를 '풀보기[餪]'라고 하는데 이때 신랑집에 보내는 음식을 이름. '난
   궤餪餽'라고도 함.

4. **답장을 올립니다**: 원문은 '謝上狀'. '謝'는 답장의 의미로, 배복拜復·봉복奉
   復·봉사奉謝·사복謝復·사복謝覆·상복上復·상복上覆 등으로도 씀.

7. 여사돈서與查頓書

曩未拜也 只願一面 旣得陪

誨 却以旋別爲悵 敬請寒沍

兄體候 以時康寧 閤上川休允

郎安侍善課 區區願聞弟狀視

昔而眷庇 亦無大何幸耳所

謂再邀之節 擬當晉期 凡事

范蟄之才出伊摯逑允帝高

兰之義重之亞焰　孝覧之

枉存不班猜之周心郡中孝紳

古人慎社

艱楚 今才空伻替送 允郎 命
送之 若何若何 至於尊駕之
枉存 不敢請 亦固所願也 都縮
不備候禮

여사돈서與査頓書

曩未拜也, 只願一面, 旣得陪誨, 却以旋別爲悵. 敬請寒沍, 兄體候, 以
時康寧, 閤上川休, 允郞, 安侍善課, 區區願聞. 弟狀視昔, 而眷庇, 亦無
大何幸耳. 所謂再邀之節, 擬當晉期, 凡事艱楚, 今才空伻替送. 允郞,
命送之, 若何若何? 至於尊駕之枉存, 不敢請, 亦固所願也. 都縮不備
候禮.

만나지 못하고 있을 때는 한번이라도 만나 뵙고 싶었는데 만나서
는 곧바로 헤어져 서운하였습니다. 추운 날씨에 형은 늘 건강하시
고 식구들의 안부[1]는 좋으시며[2], 아드님도 부모님 모시고 공부 잘
하고 있는지요? 소식 듣고 싶은 마음 간절합니다.

저는 예나 다름없이 지내고 있고 식구[3]들도 다행스럽게 큰 탈은
없습니다. 이른바 재요再邀[4]의 절차는 마땅히 적절한 때에 치루어
야 하지만 모든 형편이 어려워 지금 겨우 심부꾼만 빈손으로 대신
보냅니다.

사위[5]는 보내주시는 것이 어떻습니까? 사돈[6]께서 왕림하셨을 때
감히 말씀은 드리지 못했지만 참으로 바라는 바입니다.

나머지는 이만 줄이고[7] 안부의 예를 갖추지 않습니다.

1. **식구들의 안부**: 원문은 '閤上'. 상대방 식구의 안부를 높여 이르는 말. 합권閤眷·합권合眷·합리閤履·합실閤室·합후閤候·혼권渾眷·혼황渾況 등으로도 씀.

2. **좋으시며**: 원문은 '川休'. '연이어 아름답게 지내다.'는 의미임.

3. **식구**: 원문은 '眷庇'. 자신의 식구를 낮추어 이르는 말. 권속眷屬·권솔眷率·혼권渾眷 등으로도 씀.

4. **재요**: 혼례를 치르고 친정에 근행勤行가 있는 신부를 신랑이 데리러 오는 일. 일반적으로 '再行'이라고 함.

5. **사위**: 원문은 '允郎'. 원래는 상대의 아들을 이르는 말이지만 여기서는 자신의 사위를 이름.

6. **사돈**: 원문은 '尊駕'. 원래는 높은 상대의 행차를 이르는 말이지만 여기서는 자신의 사돈을 이름.

7. **이만 줄이고**: 원문은 '都縮'. '모두 미루어 두고'의 의미. 도각都閣·도류都留 등으로도 씀.

8. 답서答書

匪匪想中 獲拜

崋翰 慰可敵悵 謹承審至今

兄體候 崇護萬祉 婦阿免恙

仰賀滿萬弟 近以寒感叫苦

莫是衰相人事 悶憐悶憐 家豚

依敎命送 而數間 使之還送 無

三派費展詩箋何速教書
續日幸秸和闊三年漆云云
謝

之浪費居諸　若何　速教　當
竢日氣稍和圖之耳　謹不備
謝

답서答書

匪匪想中, 獲拜崇翰, 慰可敵悵. 謹承審至今兄體候, 崇護萬祉, 婦阿免恙, 仰賀滿萬. 弟, 近以寒感叫苦, 莫是衰相人事, 悶憐悶憐. 家豚, 依敎命送, 而數間, 使之還送, 無之浪費居諸, 若何? 速敎, 當竢日氣稍和圖之耳. 謹不備謝.

　생각지도 못한 편지[1]를 받으니 서운함보다 더 위안이 됩니다. 지금 형께서 잘 지내시고 며느리도 병 없이 잘 지낸다니 매우 축하드립니다.

　저는 요사이 감기로 고생을 하고 있으니 쇠약한 몰골의 인사가 아닐런지요. 가련합니다. 저희 아이[2]는 말씀하신대로 보내기는 했지만 며칠 안으로 돌려보내 시간[3]을 낭비하지 않도록 하는 것이 어떻습니까? 초청하신 말씀[4]에는 날씨가 조금 화창해지기를 기다렸다가 계획하겠습니다.

　이만 답장을 줄입니다.

1. **편지**: 원문은 '耑翰', '耑'은 '專'·'委'의 뜻으로, 편지를 보내기 위하여 일부러 보내는 심부름꾼.

2. **저희 아이**: 원문은 '家豚'. 자신의 자식을 낮추어 이르는 말. 돈아豚兒·돈견 豚犬·돈돈豚豚 등으로도 씀.

3. **시간**: 원문은 '居諸'. "해와 달이여, 어찌 바뀌고 어지러지나. 마음의 근심이여, 빨지 않은 옷을 입은 것과 같도다.[日居月諸 胡迭而微 心之憂矣 如匪澣衣]"고 한 데서 유래함. 《시경詩經》〈패풍邶風·백주栢舟〉

4. **초청하신 말씀**: 원문은 '速敎'. '速'은 '召'의 뜻으로, 상대의 초청을 이름. 일반적으로 '來汝之敎'라고도 함.

9. 언장식唁狀式 - 위부상서慰父喪書

唁狀式

禮書之外　夫復何言

先府君年齡　雖曰隆邵　筋

力尚爾康旺　謂享無疆之壽

豈圖遽承諱音耶　伏惟

孝心純至　何以堪抑　歲月之制

六逆堂懷宅地以吉

衷真體差支扫以气節衷

順衷无盂体孝以亲盂遠

坐不以情以難尝匍匐不眠

已空海奇泪落焦求逐写孟

平芳扫恒之頌手安焉謹以

亦能無憾　宅兆叶吉

哀奠體候支將　伏乞節哀

順變　無至傷孝　以副區區遠

望　某以情以禮　當匍匐不暇

而苦海奔汨　茹志未遂　烏在

平昔相恤之誼乎　紙燭謹以

不勝仰望之祝

孝體萬福第支淳亭寺法祖

伏惟 袁焰

不腆仰呈　只祝

孝體對時萬支　謹不備疏禮

伏惟哀炤

언장식唁狀式[1] - 위부상서慰父喪書[2]

禮書之外, 夫復何言? 先府君年齡, 雖曰隆邵, 筋力尚爾康旺, 謂享無疆之壽, 豈圖遽承諱音耶? 伏惟孝心純至, 何以堪抑? 歲月之制, 亦能無憾, 宅兆叶吉, 哀奠體候支將, 伏乞節哀順變, 無至傷孝, 以副區區遠望. 某, 以情以禮, 當匍匐不暇, 而苦海奔汩, 茹志未遂, 烏在乎昔相恤之誼乎? 紙燭, 謹以不腆仰呈, 只祝孝體, 對時萬支. 謹不備疏禮, 伏惟哀炤.

예서禮書 외에 다시 무슨 말씀을 드리겠습니까? 선부군先府君께서 비록 연세가 높기는 했지만 근력은 오히려 왕성하여 장수를 누리실 것으로 생각했는데 이렇게 갑자기 부고를 들을 줄 어떻게 생각이나 했겠습니까? 돌아가신 부모님을 그리워하는 마음[3]이 순수하고 지극한데 어떻게 견디시는지요? 세월에 따라 준비하는 복제服制[4]에는 서운함은 없는지요? 좋은 묏자리를 잡으시고, 상주喪主께서도 어떻게 슬픔을 억누르며 지내시는지요? 슬픔을 절제하고 변화에 순응하여 효를 하느라 효를 상하지[5] 말기를 멀리서 간절히 바라니 부응하여 주십시오.

아무개는 정情으로나 예禮로나 마땅히 겨를 없이 힘을 다하여 도와야 되지만[6] 세상사에 바빠 뜻을 이루지 못하고 있으니 평소 서로 돌봐주신 인정은 어디에 있다고 하겠습니까? 보잘것없지만 종이와

초를 보내드립니다. 상주께서는 천시에 순응하며 잘 지내시기를[7] 빌
겠습니다.

　소례疏禮[8]를 갖추지 않습니다. 상주께서는 살펴주십시오.

---

1. **언장식**: 위문할 때 보내는 투식으로, '조장식弔狀式'이라고도 함.

2. **위부상서**: 아버지가 돌아가신 상대를 위로하기 위해 보내는 편지.

3. **돌아가신……마음**: 원문은 '孝心'. '孝'는 부모님이 돌아가신 상제喪制를 이르
　는 말로, '효사孝思'라고도 함.

4. **세월에……복제**: 원문은 '歲月之制'. 노인을 위하여 미리 장례를 준비하는데,
　60에는 해마다, 70에는 철마다, 80에는 달마다, 90에는 날마다 준비한다
　고 함. 《예기禮記》〈왕제王制〉

5. **효를 상하지**: 지극한 효성으로 어버이의 죽음을 지나치게 슬퍼하여 병이 나
　거나 자신의 목숨을 잃어 도리어 효도를 상하는 일.

6. **힘을……되지만**: 원문은 '匍匐'. "무릇 이웃이 상을 당하면 기어가서라도 돕
　는다.[凡民有喪 匍匐救之]"라고 함. 《시경詩經》〈패풍邶風·곡풍谷風〉

7. **잘 지내시기를**: 원문은 '萬支'. '千萬支吾'의 준말로, '부디[千萬]', '잘 버티며
　지내라.[支吾]'는 의미. 상주喪主가 잘 지내기를 바랄 때 쓰는 투식.

8. **소례**: 상중喪中에 있는 사람에게 보내는 위문장의 끝에 쓰는 말. 상중이
　아닌 경우에는 '상례狀禮'라고 씀.

10. 답서答書

稽顙拜言亡兒蓮涙重百死

減裕延

先人擁室擇兆幸蒙

不在頻陽哈書無以厚殞未

去拚今有作海や仍情重

祇處晷重喪不詳之一

稽顙拜言 罪逆深重 不自死

滅禍延

先人 痛哭摧裂 幸蒙

尊慈 頻賜唁重 兼以厚賻 未

知措何辭仰謝也 仍謹審

體度晏重 哀慰潒區區之

杜詩祇緣去遠遭兄咐摩
之易角逅善復鹿迸弓
襄華經好持先媱之亭
諺之榷層弓末于口永空出
宅十以旦无屠凤夜夏俱弓
徒莽迷茫涇跋独

極孤子頑縷尚延 遽見時序
之易痛迫益復靡逮而
襄奉經行於先塋下寧
謂之權厝而未可曰永窆幽
宅也以是尤庸夙夜憂懼耳
餘荒迷不次謹疏禮

답서答書

稽顙拜言. 罪逆深重, 不自死滅, 禍延先人, 痛哭摧裂, 幸蒙尊慈, 頻賜唁重, 兼以厚賻. 未知措何辭仰謝也? 仍謹審體度晏重, 哀慰漧區區之極. 孤子, 頑縷尚延, 遽見時序之易, 痛迫益復靡逮, 而襄奉, 經行於先塋下, 寧謂之權厝, 而未可曰, 永窆幽宅也, 以是尤庸夙夜憂懼耳. 餘荒迷不次, 謹疏禮.

　머리를 조아리고[1] 말씀드립니다. 너무나 죄가 깊고 무거운데도 스스로 죽지도 못해 재앙이 선인先人에게 미쳤으니 통곡하며 가슴이 찢어졌는데 당신[2]의 조문편지와 두터운 부의賻儀를 받고 무슨 말로 감사를 드려야 할지 모르겠습니다.

　보내신 편지를 받고 잘 지내신다니 저의 간절한 그리움에 위안이 되었습니다[3]. 저[4]는 모질고 질긴 목숨[5]만 오히려 부지한 채 지내면서 흘러가는 세월에 애통하고 절박한 마음만 간절할 뿐 따라서 미칠 수 없습니다[6].

　장례는 선영先塋의 아래에 치르기는 했는데 아직은 권조權厝[7]일뿐 영원히 모시는 산소라고는 할 수 없습니다. 이 때문에 더욱이 밤낮으로 근심스럽고 두렵습니다.

　나머지는 정신이 어지러워 조리 없이[8] 편지[9]를 올립니다.

1. **머리를 조아리고**: 원문은 '稽顙'. 상중인 사람에게 보내는 편지의 서두에 쓰는 투식. 계상백稽顙白·계상언稽顙言·고수叩首 등으로도 씀.

2. **당신**: 원문은 '尊慈'. 조문편지에 대한 답장에서 상대를 지높여 이르는 말.

3. **간절한……되었습니다**: 원문은 '慰溸區區之極'. '區區'는 '간절한 모양'을 이름.

4. **저**: 원문은 '孤子'. 아버지가 돌아가신 자신을 이르는 말. 어머니를 여읜 자신을 '애자哀子', 부모를 모두 여읜 자신을 '고애자孤哀子'라고 함.

5. **모질고……목숨**: 원문은 '頑縷'. 상주가 편지에 쓰는 투식.

6. **애통하고……없습니다**: 원문은 '痛迫益復靡逮'. 부모님의 혼령을 어디에서도 찾을 수 없게 되었음을 이름.

7. **권조**: 임시로 매장함을 이르는 말로, '영폄永窆'의 상대되는 말.

8. **정신이……없이**: 원문은 '荒迷不次'. "무릇 오복五服의 상에 거상居喪하는 동안에는 서소書疏에 모두 '불차不次'라고 한다. 불차라는 것은 애통한 마음에 조리 있게 말하지 못하는 것이다. 혹 다른 사람을 조문할 때에도 말을 조리 있게 하지 못하는 것은 죽은 사람을 애도하기 때문이다. 양친이 살아 계신 사람의 경우에는 불차라고 칭해서는 안 된다."라고 함. 《사계전서沙溪全書》〈가례집람家禮輯覽·상례喪禮〉

9. **편지**: 원문은 '疏'. 상중喪中에 있는 사람이 쓴 편지나, 상중에 있는 사람에게 보내는 편지를 이르는 말. 상중에 있지 않은 평상시의 경우에는 '狀'을 씀.

11. 성주전상서城主前上書

城主前 上書

福星彼地恠書耶與誦讀耶

不見盡澤庄 威重先施

下問及於委巷滿心惶愧未

多以獲此連伏書

視篆體若神勅康寧云扬

城主前 上書

福星照臨 南郡興誦滿路

不自意 降屈威重 先施

下問 及於委巷 滿心惶懼 未

知何以獲此 謹伏審

視篆體候 神衛康寧 公務

不至悵撄出至賀迄下忱主

樅幸杜門寒去樵牧為伍

迤迄云安便家色雜邑物

平至家云門納刺非直田

呈跡素陳以弓以不孤去存

唇濤墓子羽之札云年不至

不至惱擾 伏慰賀區區下忱之

極民杜門寡與 與樵牧爲伍

所謂尋數 便若笆籬邊物

耳至若公門納刺 非直曰

足跡素疎 亦有所不敢者存

焉澹臺子羽之非公事不至

里九儒家道其展侄筵珠分

此追子羽〜後与粗中儒家一

統體以星平日不张趨抖耑云

当法沛書玉世逢重班分云

抖拉沛荊雲久一地师品閣

拜謝公侭上差此惶

豈非儒家道守底法 如民 雖不

敢追子羽之後 而粗聞儒家之

緒餘 以是平日不能趨拜於公

堂 然德音至此隆重 敢不晉

拜於階前盈尺之地耶 卽圖

拜謝 不備上候 伏惟

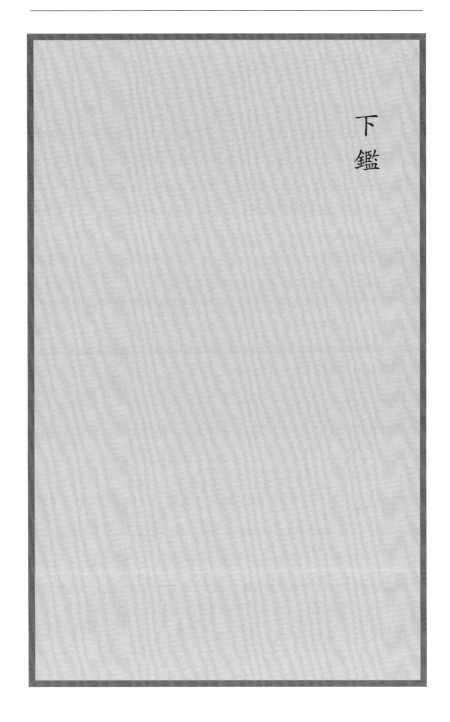

下
鑑

성주전상서城主前上書

福星照臨, 南郡輿誦滿路. 不自意, 降屈威重, 先施下問, 及於委巷,
滿心惶懼, 未知何以獲此. 謹伏審視篆體候, 神衛康寧, 公務不至惱
擾, 伏慰賀區區下忱之極. 民, 杜門寡與, 與樵牧爲伍, 所謂尋數, 便
若笆籬邊物耳. 至若公門納刺, 非直曰, 足跡素疎, 亦有所不敢者存
焉. 澹臺子羽之非公事不至, 豈非儒家道守底法, 如民, 雖不敢追子
羽之後, 而粗聞儒家之緒餘, 以是平日不能趨拜於公堂. 然德音至此
隆重, 敢不晉拜於階前盈尺之地耶? 卽圖拜謝, 不備上候, 伏惟下鑑.

복성福星[1]이 비치니 거리에는 남쪽 고을 백성들의 칭송이 가득합니
다. 생각지도 못했는데 위엄을 내려놓으시고 먼저 궁벽한 골목에 사는
저에게 편지를 보내주시니, 가슴에 두려움이 가득한데 어떻게 이렇게
편지를 받게 되었는지조차 모르겠습니다.

수령[2]께서는 잘 지내시고 공무로 마음이 시달리지는 않으신다니 저
의 마음에 위안이 됩니다. 저[3]는 두문불출하고 지내느라 교유하는 사
람이 적어 꼴 베고 소치는 아이들과 심수尋數[4]나 하며 마치 아무 쓸모
없는 물건[5]처럼 지내고 있습니다. 공문公門에 명함을 드리는 일은 단지
발걸음이 소원해서가 아니라 감히 그렇게 하지 못하는 까닭이 있어서
입니다. 담대자우澹臺子羽[6]는 공적인 일이 아니면 찾아가지 않았다고
하니, 어찌 유가儒家의 도리로 지켜야할 법도가 아니겠습니까?

비록 저 같은 사람이 감히 자우子羽의 뒤를 쫓지는 못하겠지만 대략
이나마 유가의 실마리를 들었기 때문에 평소 공당公堂으로 찾아뵙지
못한 것입니다. 그러나 덕음德音이 이렇게 훌륭하니 어떻게 감히 찾아

뵙고 흉금을[7] 털어 놓지 않을 수 있겠습니까? 곧바로 찾아뵙고 감사를 드리겠습니다.

　안부의 예를 갖추지 않고 이만 줄이니 살펴주십시오.

---

1. **복성**: 왕명을 받들고 지방에 파견되는 관원을 말함. "자준子駿이 절동전운사浙東轉運使가 되어 길을 떠날 때 사마광司馬光이, '지금 동쪽 지역의 폐단을 바로잡으려면 자준이 아니면 안 되니, 이는 일로一路의 복성福星이다.' 하였다."고 한 데서 유래함. 《산당사고山堂肆考》

2. **수령**: 원문은 '視篆'. 수령이 사무를 봄을 이름. 수령이 차는 관인官印을 전서篆書로 새긴 데서 유래한 말로, '시인視印'이라고도 함.

3. **저**: 원문은 '民'. '화민化民'의 준말로, 편지에서 자기가 사는 고을의 수령에게 자신을 낮추어 이르는 말.

4. **심수**: '심항수묵尋行數墨'의 준말로, 깊은 이치를 탐구하지 않고 글자만 따라 건성으로 독서하는 것을 이르는 말.

5. **쓸모없는 물건**: 원문은 '笆籬邊物'. 울타리 가에 버려진 쓸모없는 물건을 이름.

6. **담대자우**: 공자의 제자로 본명은 담대멸명澹臺滅明, 담대는 성姓, 자우는 자. 자유子游가 무성武城의 수령이 되었을 때 공자가 "좋은 사람을 얻었느냐."라고 하자, 자유가 "담대멸명이라는 이가 있는데 지름길로 다니지 않고 공적인 일이 아니면 절대로 저의 집에 오지 않습니다."라고 함. 《논어論語》〈옹야雍也〉

7. **찾아……흉금을**: 원문은 '階前盈尺之地'. "지금 천하에서는 군후君侯를 문장의 사명司命과 인물을 재는 저울이라고 여기고 있어 한번 평가를 매기면 곧바로 훌륭한 선비가 됩니다. 그런데 지금 군후께서는 어찌 계단 앞 한 자 남짓한 땅을 아끼느라 저로 하여금 눈썹 치올리고 기운을 토하여 청운의 뜻을 높이 펴게 하지 않는단 말입니까?[何惜階前盈尺之地 不使白揚眉吐氣 激昂靑雲耶]"라고 한 데서 유래함. 《고문진보후집古文眞寶後集》〈여한형주서與韓荊州書〉

12. 상재상서上宰相書

上宰相書
居足彰事至大夫之賢乎
此先重程劓也但退卿陳班
乘由洪班
大人豆子之門眉足屠聲軍
碌碌凄歸少人全科去我

上宰相書

居是邦 事其大夫之賢者

此先聖格訓也 但退鄉疎蹤

無由階於

大人君子之門 膺是庸終歲

矻矻 決歸小人之科 幸我

閣下能此摧之勤滑孔事
一好使此新屋姑姚菽被
雉門寂桉護風不中何日
孙忘伏惟堂幸謝怒
台蹕差常州崇重出渾
运之如惟公坑竹生書奉委姐

閣下 躬吐握之勤 講孔李
之好 使此蔀屋賤蹤 獲被
龍門容接 鐫佩于中 何日
敢忘 伏惟寒氣漸緊
台體候 對時崇重 伏溯
區區不任下忱 侍生 奉老粗

先六蘇水難寵裱切佛
貧新月作此業四那
泚言謹不古依怪
無此上去

遣而菽水難歡 祗切傷

貧之歎耳 餘伏冀回賜

德音 謹不備 伏惟

台下照 上書

상재상서上宰相書

"居是邦, 事其大夫之賢者", 此先聖格訓也. 但遐鄕疎蹤, 無由階於大人君子之門, 膺是庸終歲矻矻, 決歸小人之科, 幸我閤下, 躬吐握之勤, 講孔李之好, 使此蓽屋賤蹤, 獲被龍門容接, 鑴佩于中, 何日敢忘? 伏惟寒氣漸緊, 台體候, 對時崇重, 伏溯區區不任下忱. 侍生, 奉老粗遣, 而菽水難歡, 祇切傷貧之歎耳. 餘伏冀回賜德音, 謹不備. 伏惟台下照, 上書.

　"이 나라에 살면서 어진 대부大夫를 섬겨야 한다는 것"[1]은 성현의 가르침이었습니다. 그러나 먼 시골이라 찾아오는 사람도 드물어 대인과 군자의 문하를 찾아뵐 방법이 없어 일 년 내내 애를 쓰고는 있지만 결국에는 소인의 부류에 들고 말 것입니다. 그런데 다행히 우리 합하閤下께서 토악吐握[2]의 부지런함을 몸소 행하시고 공리孔李의 우애[3]를 익혀 저 같이 초가집에 사는 가난한 사람을 당신[4]께서 만나주시니 마음속에 새긴 감사함을 언제나 잊겠습니까?

　날씨가 점점 매서워지는데 대감[5]의 안부는 천시에 순응하여 잘 지내시는지 그리운 마음 이길 길이 없습니다. 시생侍生은 늙으신 부모님을 모시고 별 탈 없이 지내고는 있지만 보잘것없는 음식으로도 부모님을 봉양하는 기쁨을 누리기 어려워[6] 다만 가난을 상심하며 탄식하는 마음만 절실합니다.

　나머지는 답장을 바라며 이만 줄입니다. 대감께서 살펴주시기를 바라며 편지를 올립니다.

---

1. **이……것**: 원문은 '居是邦 事其大夫之賢者'. "이 나라에 살면서 어진 대부를 섬기며, 어진 선비를 벗 삼아야 한다.[居是邦也 事其大夫之賢者 友其士之仁者]"라는 공자의 말에서 유래함. 《논어論語》〈위령공衛靈公〉

2. **토악**: 토포악발吐哺握髮의 준말. "주공周公이 천하의 어진 신비들을 만나려는 마음이 간절하여 한 번 머리를 감는 동안에 세 번이나 젖은 머리를 움켜쥐고 나가고 한 끼 밥을 먹는 동안 입 안의 음식을 세 번이나 뱉어냈다.[一沐三握髮 一飯三吐哺]"고 한 데서 유래함. 《사기史記》〈노주공세가魯周公世家〉

3. **공리의 우애**: 원문은 '孔李之好'. 공융孔融과 이응李膺을 아울러 이르는 말. 두 집안이 서로 우애 있게 지내는 것을 이름.

4. **당신**: 원문은 '龍門'. 이천伊川 정이程頤가 살던 곳으로 여기서는 상대를 높여 이르는 말.

5. **대감**: 원문은 '台'. 임금을 상징하는 자미성紫微星 가까이 있는 삼태성三台星을 삼공三公의 벼슬아치에 비유하여 이르는 말. 2품 벼슬에 있는 사람에게는 '台'를 쓰고 3품 벼슬에 있는 사람에게는 '令'을 씀.

6. **보잘것없는……어려워**: 원문은 '菽水難歡'. 가난한 생활 속에서도 어버이를 극진히 봉양하는 자식의 기쁨을 누리는 것조차 어려움. 공자의 제자 자로子路가 집안이 가난해서 효도를 제대로 못한다고 탄식하자, 공자가 "콩죽을 끓여 먹고 물을 마시게 하더라도 어버이가 기뻐하는 일을 극진히 행한다면, 그것이 바로 효이다.[啜菽飲水盡其歡 斯之謂孝]"라고 한 데서 유래함. 《예기禮記》〈단궁 하檀弓 下〉

13. 함장전상서函丈前上書

函丈前 上書

伏承
謦欬邇在數翔使竟夕
旺力渴舄足㙒遄返
畢竟至下日多難中
消漳之絟好之裝蒙提

函丈前 上書

伏承

警咳 遽經數朔 便覺烏

頭力竭 何以則追陪

皁比之下 日夕獲聞

講論之緒餘 而發蒙提撕

卯出江湖安之之法重書

道體若神和康法及門法

至善得读身經净素宠

好侣仅澌至而侯宕寝門公生

右仿粗書与於川粗墨造

未免生乎且五不悚同少方助

耶只訟懶散而已　謹未審

道體候　神相康護　及門諸

益善課　讀何經　得幾卷

耶倂伏溯區區不任下悰　門下生

省側粗遣而尋行數墨迄

未免進寸退尺悚悶悚悶　幸賜

隨一針俾得免小人一悸
生生直因玉右言相脈申
下情于胃煩溘一死寄此
惶一一上臺

頂門一針 俾得免小人之歸

伏望伏望 適因某友晉拜 略申

下情 干冒煩瀆之罪 不備伏

惟下照 上書

함장[1]전상서 函丈前上書

伏承警咳, 遽經數朔, 便覺烏頭力竭, 何以則追陪, 皐比之下, 日夕獲
聞講論之緒餘, 而發蒙提撕耶? 只訟懶散而已. 謹未審道體候, 神相
康護, 及門諸益, 善課, 讀何經, 得幾卷耶? 併伏溯區區不任下悰. 門
下生, 省側粗遣, 而尋行數墨, 迄未免進寸退尺, 悚悶悚悶, 幸賜頂門
一針, 俾得免小人之歸, 伏望伏望. 適因某友晉拜, 略申下情, 干冒煩
瀆之罪. 不備伏惟下照, 上書.

　가르침[2]을 받은 지 벌써 여러 달이 지나 오두烏頭의 힘이 다하였
으니[3] 어찌하면 고비皐比[4] 아래로 쫓아가 선생님을 모시고 밤낮으
로 강론의 실마리를 듣고서 어리석음을 깨우칠 수 있을 지요? 저의
게으름만 하소연할 뿐입니다.

　도체道體[5]는 좋으시고, 문하의 여러 친구들도 공부 잘 하고 지내
는지, 무슨 경서經書의 몇 권을 읽고 있는지요? 간절한 그리움을 이
길 길 없습니다.

　문하생인 저는 부모님을 모시며 별 탈 없이 지내면서 건성건성
공부하고 있어 아직까지 소득보다 손실만 많아 죄송합니다. 정문일
침頂門一針의 가르침을 주시어 소인小人으로 돌아가지 않도록 하여
주시기를 간절히 빌겠습니다.

　마침 찾아뵙는[6] 아무개 친구의 인편을 통해 간략하게나마 저의

마음을 펴서 번거롭게 한 죄를 저지르고 말았습니다.

　이만 줄이니 살펴주시기를 바라며 편지를 올립니다.

---

1. **함장**: 스승을 이르는 말. ‘函’은 ‘容’의 뜻으로 스승에 대한 존칭. 스승과 제자 간에는 일 장丈의 사이를 띄어둠을 이름. “만일 음식 대접이나 하려고 청한 손이 아니거든, 자리를 펼 때에 자리와 자리의 사이를 한 길 정도가 되게 한다.[若非飮食之客 則布席 席間函丈]”고 한 데서 유래함. 《예기禮記》 〈곡례曲禮〉

2. **가르침**: 원문은 ‘警咳’. 윗사람의 가르침이나 말씀을 이름.

3. **오두의……다하였으니**: 원문은 ‘烏頭力竭’. ‘오두烏頭’는 독성이 강하여 약효가 좋은 약재로, 제자의 모범이 되는 스승을 비유하여 이르는 말. 송宋나라의 학자 사량좌謝良佐가 스승 정호程顥에게 하직하고 돌아가면서, “우리들이 아침저녁으로 선생을 모시고 행실을 보면 배우고, 말씀을 들으면 기억하였으니, 사람이 오두를 복용하는 것과 같다. 그것을 복용할 때는 얼굴에 윤기가 나고 근력이 강성하지만 오두의 힘이 없어지면 장차 어찌될 것인가.”라고 함. 《송원학안宋元學案》 〈상채학안上蔡學案〉

4. **고비**: 송宋나라의 장재張載가 항상 호랑이 가죽을 깔고 앉아서 《주역周易》을 강론하였는데, 후세에 강학講學하는 자리를 이르는 말로 씀.

5. **도체**: 도학을 공부하는 학자의 안부를 이르는 말.

6. **찾아뵙는**: 원문은 ‘晉拜’. ‘晉’은 ‘나아가다[進]’는 의미.

李光業擬呈此甚卿
亦未必亦呈浣甚凉
涔盈
社順僅尾更讀而達筆勵
早見人愛呂了指尾毛達
一說數東空空枇此條每

聲光莫接　至此甚耶　某

甫來　得承手書　慰浣則深

從審

侍暇做履善護　所讀益勵

果有人不及知　而獨覺其進

之效歟　懸望不已　拙狀　病與

少游神精日耒秦毛雪為去
一昂絶吾軍第二頓兆涯眠
入好牛此多召词异上住省
牛顷計一至敕日家病去立不
侣星乃后他研惶岁劲經
管吉勿見去唯一訓以茹勃幼

爲隣 神精日索 至若看書
一節 纏到第二行 輒忘源頭
之如何 此可曰 陽界上住着
乎 頂針之示 救自家病 尚且不
得遑 可及他耶 惟希劬經
篤志 勿負古聖之訓 以副期待

一坐神畜母畜

之望　神昏不宣

답서答書

聲光莫接, 至此甚耶? 某甫來, 得承手書, 慰浣則深. 從審侍暇做履善
護, 所讀益勵, 果有人不及知, 而獨覺其進之效歟? 懸望不已. 拙狀, 病
與爲隣, 神精日索, 至若看書一節, 纔到第二行, 輒忘源頭之如何? 此可
曰 陽界上住着乎? 頂針之示, 救自家病, 尚且不得遑, 可及他耶? 惟希
勉經篤志, 勿負古聖之訓, 以副期待之望. 神昏不宣.

　자네¹를 만나지 못한지 이렇게나 오래 되었는가? 아무개가 오는
편에 편지²를 받아보고는 몹시 위안이 되었네. 부모 모시면서 공부³
잘 하고 지내고 있다 하니⁴, 독서에 더욱 힘써 남들이 미처 알지 못
하던 것을 홀로 깨달은 효과는 있는가? 보고픈 마음 그지없네.

　나⁵는 병과 이웃하고 지내느라 정신은 늘 삭막하여 한 문장에서
두 줄밖에 읽지 않았는데도 번번이 원래의 실마리조차 잊어버리니
어찌하겠나? 이 무슨 살아 있는 사람이라고 하겠나? 정침頂針의 말
을 달라고 하지만 나 자신의 병도 구제할 경황이 없는 마당에 남에
게 무슨 말을 할 수 있겠나?

　오직 부지런히 글을 읽고 뜻을 굳건히 하여 옛 성인의 말씀을 저
버리지 말고 기대에 부응해주기를 바라네. 정신이 혼미하여 이만
줄이네⁶.

1. **자네**: 원문은 '聲光'. 목소리와 광채를 이르는 말로 상대를 높여 이르는 말. 미우眉宇·지우芝宇·청범淸範 등으로도 씀.

2. **편지**: 원문은 '手書'. 손수 쓴 상대의 편지나, 손윗사람이 손아랫사람에게 보내는 자기의 편지를 이르는 말. 수간手簡·수고手告·수자手滋·수자手字·수필手畢·수회手誨 등으로도 씀.

3. **공부**: 원문은 '做履'. 편지에서 손아래 공부하는 학자의 생활 근황을 이르는 말. 독리讀履·독황讀況·주리做履·학황學況 등으로도 씀.

4. **있다 하니**: 원문은 '從審'. '~를 통해 알았다'는 의미. 빙심憑審·빙암憑暗·빙체憑諦·승심承審·잉심仍審·자심藉諗·취심就審 등으로도 씀.

5. **나**: 원문은 '拙狀'. 자신의 상황을 낮추어 이르는 말.

6. **이만 줄이네**: 원문은 '不宣'. 불구不具·불구不究·불기不旣·불다급不多及·불비不備·불식不式·불실不悉·불일不一 등으로도 씀.

15. 상관찰사서上觀察使書

宣堂 下執事 入納

某郡 某生 上書

向於趁村
軒之夜被雲搖一圈如爭
葯發名春風嗚郊之趣
悅何旦那些淫之同此年
句宣章經懷堂誰万康云
攬上瓶恒祥　幸宛安芳種

向於趨拜

軒下獲被容接 一團和氣

藹然 若春風煦噓 和心感

悅 何日敢忘 謹伏問比來

旬宣氣體候 崇護萬康 公

擾不瑕惱神 京宅安候 種

承問傭生切至之澤祝如佳以
細生櫂依里廬禄公垂子
閑陕之玉案弓门数至地
书許久都委向上酒醉
力陳问夕極每撥扑之门
爵日夕薰沐莊

種承聞 俛伏切區區湁祝不任下

悃侍生 蟄伏田廬 祇作無事

閒泯而至若尋行數墨 抛

却許久 頓無向上躋攀之

力悚悶何極 每擬拜造門

屛日夕薰沐於

太子及今澤弓形以幸

布殊以而連立芊濟

授洙立寸柱辟率超屍

乃說

乃然蚩以時慶福安以性

乃證上畫

大君子及人之澤 而顧此韋

布賤蹤 公門進退 恐干瀆

擾之誠 只以寸楮 略申起居

只祝

台體 對時康福 不備伏惟

下鑑 上書

상관찰사서上觀察使書

向於趨拜軒下, 獲被容接, 一團和氣藹然, 若春風煦噓, 和心感悅, 何日敢忘? 謹伏問比來旬宣氣體候, 崇護萬康, 公擾不瑕惱神, 京宅安候, 種種承聞. 倂伏切區區源祝不任下悃. 侍生, 蟄伏田廬, 祇作無事閒泯, 而至若尋行數墨, 抛却許久, 頓無向上躋攀之力, 悚悶何極. 每擬拜造門屛, 日夕薰沐於大君子及人之澤, 而顧此韋布賤蹤, 公門進退, 恐干瀆擾之誠, 只以寸楮, 略申起居. 只祝台體, 對時康福, 不備伏惟下鑑, 上書.

> 선당宣堂[1] 하집사下執事 입납入納
> 아무개 고을 아무개 올림

지난번 동헌東軒을 찾아가 뵈었을 때 화기애애한 분위기로 마치 따뜻한 봄바람처럼 대해 주셨으니 화평한 기쁨을 언제나 잊겠습니까? 요사이 관찰사[2]의 안부는 좋으시고 공무의 번요함으로 정신은 어지럽지 않으신지요? 또 서울 자택의 안부는 자주 들으시는지요? 간절한 그리움을 이길 길 없습니다.

저는 시골집에 칩거蟄居하여 지내며 일 없는 한가한 백성이 되어 건성으로 책 읽던 것조차 포기하고 지낸지 오래되어 부여잡고 올라갈 힘도 없으니 민망하기 그지없습니다. 매번 찾아뵙고 밤낮으로

사람들에게 미치는 위대한 군자의 은택에 흠뻑 젖고 싶다가도 벼슬
도 없는 미천한 제[3] 자신을 돌아보면 공문公門을 오가며 번거롭게
하는 죄를 지을까 두려워 편지[4]로만 간략하게 안부를 전합니다.

　대감께서 천시에 순응하여 건강하시기를 빌며 이만 줄이니 살펴
주십시오. 편지를 올립니다.

---

1. **선당**: 관찰사가 업무를 보는 공당公堂을 이르는 말. '선화당宣化堂'이라고
　도 함.
2. **관찰사**: 원문은 '旬宣'. "임금이 소호에게 명하시어 정사를 두루 펴라 하시
　다.[王命召虎 來旬來宣]"고 한 데서 유래하여, 지방관이 되어 왕정王政을
　펴는 것을 말함. '旬'은 '巡'의 뜻으로 '두루 다스리는'은 관찰사의 임무를 이
　름. 《시경詩經》〈대아大雅·강한江漢〉
3. **제**: 원문은 '侍生'. 손윗사람 사람에게 자신을 낮추어 이르는 말.
4. **편지**: 원문은 '寸楮'. '楮'는 예전 종이를 만드는 재료인 '닥'을 이르는 말로,
　자신의 편지를 낮추어 이르는 말.

16. 간구서 干求書

某郡 政閣 下執事 入納

某郡 某洞 上書

玆蒙以榻牋以迴家波藏

去世孤居思難乙曰渾未

審空汪

政體庭事事渾原旬嵜

澤吾吾如伯等禱生於此垣

為墅摭之切焦悶年體陳郅

頃蒙下榻 講以通家 銘感

在肚 殆食息難置 謹未

審寒沍

政體度萬寧 渾衙勻泰

伏湀區區不任勞禱 生 側狀恒

多誉損 已切薰悶耳 就悚鄙

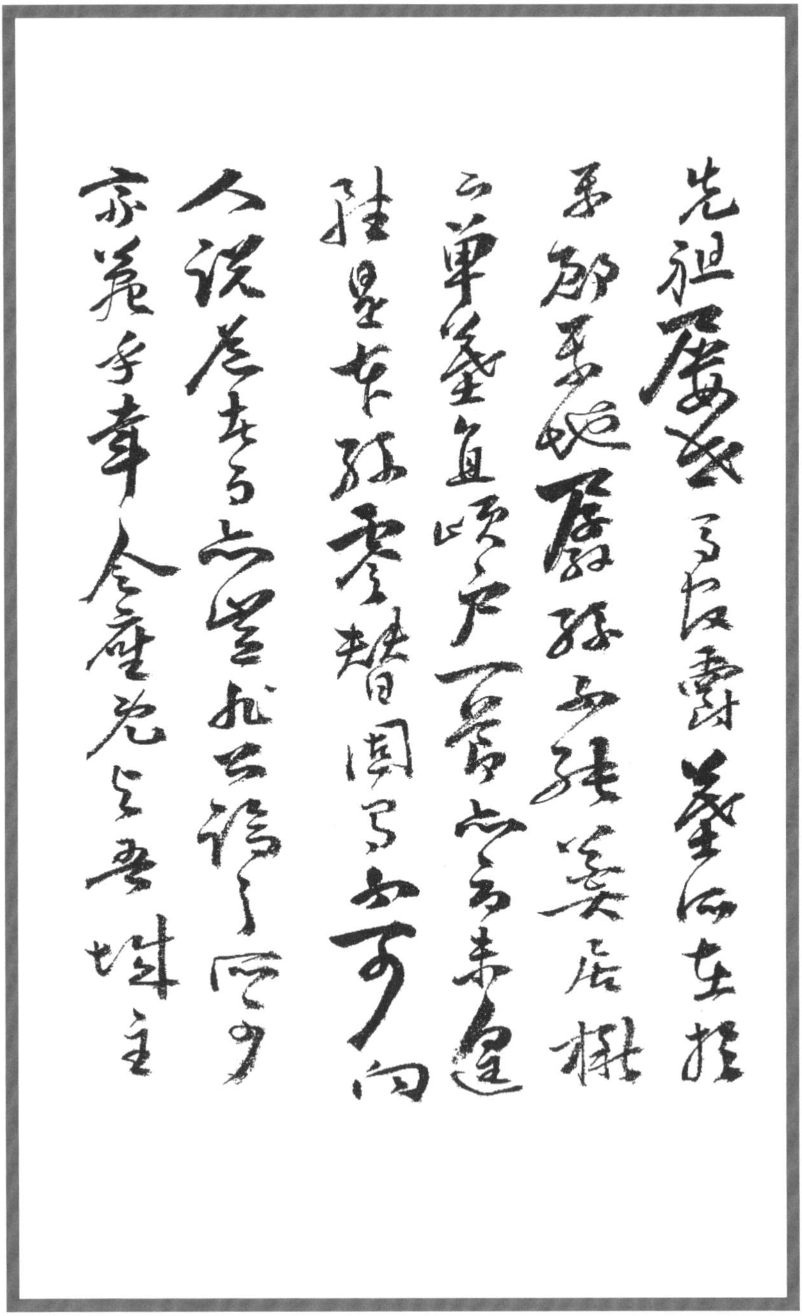

先祖 屢世有官爵 墓所在於

某郡某地 屢孫不能奠居楸

下 單墓直 頉戶一節 亦爲未遑

雖是本孫零替 固有不可向

人說道者 而亦豈非公論之所可

齋菀乎 幸令座 旣與吾城主

親切君也号当國串托律都求
菜直浮菜郵後以生克樂
千萬一冰留柳付當差方
此陰諸宪 平物止救陸至

親切間也 則另圖申托 俾鄙家

單直 得蒙蠲役 以生光紫

千萬千萬 餘留那時晉候 不備

伏惟鑑亮 某物 忘略汗呈

간구서千求書

頃蒙下榻, 講以通家, 銘感在肚, 殆食息難置. 謹未審寒冱, 政體度萬寧, 渾衙勻泰, 伏溯區區不任勞禱. 生, 側狀恒多響損, 已切薰悶耳. 就悚, 鄙先祖, 屢世有官爵, 墓所在於某郡某地, 孱孫不能奠居楸下, 單墓直, 頉戶一節, 亦爲未遑, 雖是本孫零替, 固有不可向人說道者, 而亦豈非公論之所可齋菀乎? 幸令座, 旣與吾城主, 親切間也, 則另圖申托, 俾鄙家單直, 得蒙蠲役, 以生光紫, 千萬千萬. 餘留那時晉候, 不備伏惟鑑亮. 某物, 忘略汗呈.

| 어느 고을 정각政閣 하집사下執事 입납入納 |
| 어느 고을 어느 동네에서 올림 |

지난번 저를 맞아 나누었던 세교世交의 말씀을 마음 속 깊이 새겨 잠시도 잊을 수가 없습니다.

추운 날씨에 정사보시는 안부는 좋으시고 식구들도 모두 잘 계신지 간절히 바라는 마음 이길 길 없습니다. 저는 부모님께서 건강치 못해 애타는 마음만 간절합니다.

저의 선조께서는 여러 대에 걸쳐 벼슬을 하였고 무덤은 어느 군郡 어느 곳에 있는데 쇠잔한 자손들은 선영先塋 아래에 살지 못해 홀묘지기의 호별세戶別稅 면제에 대한 조목 하나조차 돌아볼 경황이 없습니다. 아무리 본손本孫의 살림살이가 쇠락하여 남에게 말조차 꺼내지 못한다지만 어찌 공론으로 억울해할 일이 아니겠습니까? 다행히 영좌하令座下께서 이미 우리 원님과 절친한 사이니 특별히 부탁하여 저희 집안의 홑묘지기가 부역을 감면받아 저의 체면을 세워²주시기를 간곡히 바랍니다.

　나머지는 어느 때 찾아가 뵙고 말씀드리기로 하고 이만 줄이니, 살펴주시기 바랍니다. 아무 물건은 약소하여 부끄럽지만 올립니다³.

---

1. **맞아:** 원문은 '下榻'. 특별하게 빈객을 대우함을 비유한 말. 후한後漢 때 진번陳蕃이 예장태수豫章太守로 있으면서, 유독 서치徐穉가 오면 특별히 한 의자를 내려주고 그가 돌아가면 다시 그 의자를 매달았다는 데서 유래함. 《후한서後漢書》〈서치열전徐穉列傳〉

2. **체면을 세워:** 원문은 '生光紫'. 자기의 얼굴을 빛나게 하거나 생색나게 함을 이르는 말. 생광生光·생광색生光色·생광휘生光輝 등으로도 씀.

3. **약소하여……올립니다:** 원문은 '忘略汗呈'. '소략함을 잊고 부끄러워 땀을 흘리며 드립니다.'는 의미임.

17. 요방서邀訪書

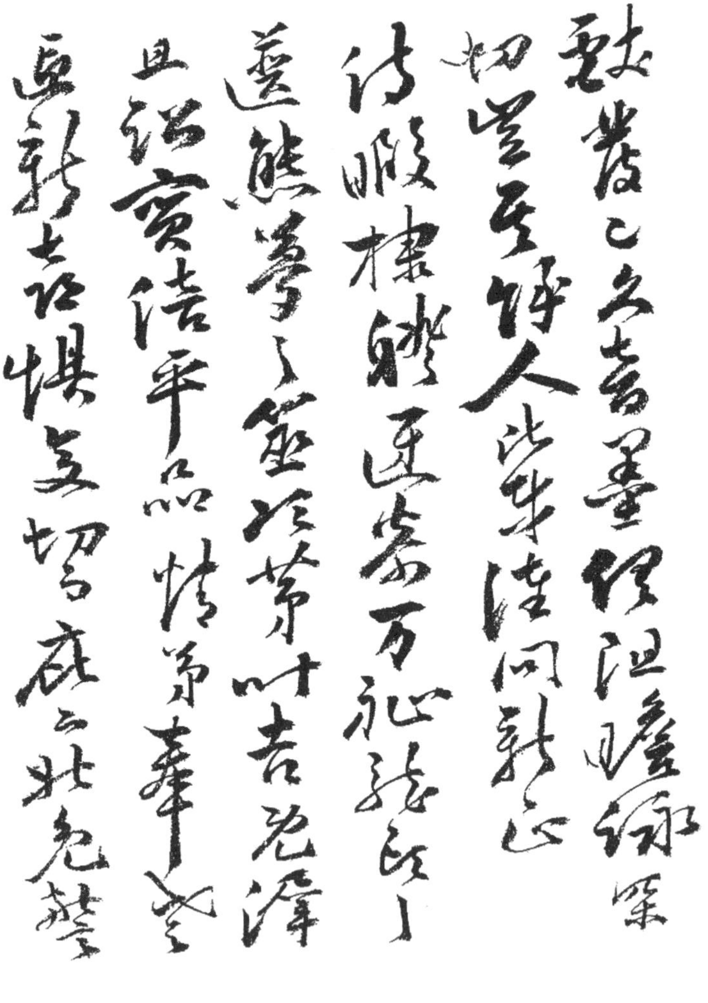

獻發已久 音墨俱阻 瞻詠采

切豈其餘人比哉 謹問新正

侍暇棣體 迓泰萬祉 龍頭之

選熊夢之筮 次第叶吉 旣瀰

且訟實倍平品 情弟奉老

迎新 喜懼交切 而庇下 姑免警

了事多屋藉修泥美多四

西日䌷鴨　意兄多女產稱望去

聊放荷季仰去9　杜杬

蟄屋以圖引手穩話多

一軍巨如戲祉

耳 第有屠蘇餘瀝 若可以一

兩日酣暢 而吾兄 不在座 獨酌無

聊 故茲書仰 幸可枉存

弊廬 以圖新年穩話 如何

如何 留面不葴禮

요방서邀訪書

獻發已久, 音墨俱阻, 瞻詠采切, 豈其餘人比哉? 謹問新正侍暇棣體,
迓泰萬祉, 龍頭之選, 熊夢之筮, 次第叶吉, 旣漊且訟, 實倍平品. 情
弟, 奉老迎新, 喜懼交切, 而庇下, 姑免警耳. 第有屠蘇餘瀝, 若可以一
兩日酣暢, 而吾兄, 不在座, 獨酌無聊, 故玆書仰, 幸可枉存弊廬, 以圖
新年穩話, 如何如何? 留面不藏禮.

봄이 온지[1] 이미 오래되었는데 소식과 편지가 모두 끊겼으니 간
절한 그리움을 어떻게 남과 비교하겠습니까? 정월에 부모 모시는
여가에 형제들의 안부[2]는 좋으시고 장원급제[3]와 득남得男의 점괘[4]
는 차례로 모두 좋으신지 실로 평상시보다 배나 그립습니다.

저[5]는 늙은 부모님을 모시고 새해를 맞으니 기쁨과 두려움[6]이
번갈아 간절합니다. 식구들은 별 탈 없이 지내고 있습니다.

남은 도소주屠蘇酒[7]가 있어 하루 이틀 정도는 마실 만한데 우
리 형께서 자리에 없어 혼자서 무료하게 마시며 이렇게 편지를 드
립니다. 저희 집으로 왕림하여 신년의 이야기를 나누었으면 하니
어떠신지요?

나머지는 만나서 이야기를 나누기로 하고 이만 줄입니다.

1. **봄이 온지**: 원문은 '獻發'. "새해가 다가오고 봄기운이 피어오르건만, 나만 혼자 쫓겨나서 남으로 가네.[獻歲發春兮 汨吾南征]"라고 한 데서 유래함.《초사楚辭》〈초혼招魂〉

2. **형제들의 안부**: 원문은 '棣體'. 체리棣履·체절棣節·체후棣候라고도 함. "활짝 핀 아가위꽃, 얼마나 곱고 아름다운가. 이 세상에 누구라도 형제만 한 이가 없나니.[常棣之華 鄂不韡韡 凡今之人 莫如兄弟]"라고 한 데서 유래함.《시경詩經》〈소아小雅·상체常棣〉

3. **장원급제**: 원문은 '龍頭之選'. 가동賈同이 채제蔡齊한테 지어준 시에, "성군의 은총이 무거워 장원급제하였고, 어머니께서 연세가 많아 백발을 드리웠는데, 임금의 은총과 자모의 은혜를 다 갚지 못한 채, 술로 병을 얻는다면 후회한들 어찌하겠나.[聖君恩重龍頭選 慈母年高鶴髮垂 君寵母恩俱未報 酒如成病悔何追]"라고 한 데서 유래함.《민수연담록澠水燕談錄·보유補遺》

4. **득남의 점괘**: 원문은 '熊夢之筮'. "대인이 점을 치니, 곰 꿈은 남자를 낳을 상서로운 징조이고, 뱀 꿈은 여자를 낳을 상서로운 징조이다.[大人占之 維熊維羆 男子之祥 維虺維蛇 女子之祥]"라고 한 데서 유래함.《시경詩經》〈소아小雅·사간斯干〉

5. **저**: 원문은 '情弟'. 다정한 아우라는 뜻으로, 정다운 벗 사이의 편지에서 자기를 이르는 말.

6. **기쁨과 두려움**: 원문은 '喜懼'. "부모의 연세를 몰라서는 안되니, 한편으로는 오래 사셔서 기쁘기도 하지만 또 한편으로는 살아 계실 날이 얼마 남지 않을까 두렵기 때문이다.[父母之年 不可不知也 一則以喜 一則以懼]"는 공자의 말에서 유래함.《논어論語》〈이인里仁〉

7. **도소주**: 옛날 풍속에 설날이면 마시던 약주藥酒의 한 가지.

泄闊於音屬年生里毒君

平日浩遊一誼率古囿一言樞

敘白承華械且是並姬清君

新月之硯

有旋者茂納鴻禧再相吉善

繼以甬湣一誦為一異於艷

阻閡 於焉隔歲 是豈吾兩間

平日從遊之誼乎 方圖一晉穩

敍忽承華械 且感且愧 謹審

新月已弦

省體候 茂納鴻禧 竹柄長春

繼以南陔之誦 爲之昂賀 艶

途次親年蓋白蘇和佳佳

英難新年兒大人足峰速

救生死地以達日男

蘇坊其朝抱琴為計諫議

一些某圖海上

羨弟親年益邵　菽水僅供

莫非新年之貺　幸何盡喻　速

教當飛也似進　而今則日力似

窮　故來朝抱琴爲計　諒竢

之　如何如何　姑閣謝上

답서 答書

阻閡, 於焉隔歲, 是豈吾兩間, 平日從遊之誼乎? 方圖一晉穩敍, 忽承華椷, 且感且愧. 謹審, 新月已弦, 省體候, 茂納鴻禧, 竹柄長春, 繼以南陔之誦, 爲之昻賀艶羨. 弟, 親年益邵, 菽水僅供, 莫非新年之貺, 幸何盡喩. 速敎當飛也似進, 而今則日力似窮, 故來朝抱琴爲計, 諒埈之, 如何如何? 姑閣謝上.

소식이 막힌 지 어느덧 해가 바뀌었습니다. 이것이 어떻게 우리들 사이에 평소 교유하던 정의情誼라고 하겠습니까? 한번 찾아뵙고 말씀을 나누려고 했는데 보내신 편지[1]를 갑작스럽게 받으니 감사하기도 하고 부끄럽기도 합니다.

새달도 현일弦日[2]이 되었는데 부모님은 큰 기쁨을 누리시고 언제나 푸른 대나무처럼 변함없이 잘 지내시며 이어 당신께서도 남해시南陔詩[3]를 읊고 계시다니 부럽습니다.

연세 높으신 저의 부모님께 거친 음식만 겨우 대접하고 있었는데 신년에 베풀어 주시지 않으신 것이 없어 감사함을 어떻게 말로 다하겠습니까? 초대하신다는 말씀에 당연히 빨리 찾아뵈어야겠지만 오늘은 해가 저물어 내일 아침 거문고를 안고 갈 생각이니 기다려주시는 것이 어떻습니까?

이만 줄이고 답장을 드립니다.

1. **편지**: 원문은 '華械'. 상대의 편지를 높이 이르는 말. 서장書狀·서한書翰·소간小簡·수간手簡·수간手柬·수묵手墨·수자手滋·수찰手札·수한手翰·신식信息·신음信音·신편信便·안백雁帛·안서雁書·안음雁音·안족雁足·안홍雁鴻·어백魚帛·어복魚腹·어서魚書·어신魚信·어신魚訊·어안魚雁·어전魚箋·어함魚函·어함魚緘·운함雲函·적독赤牘·전독箋牘·전찰箋札·전찰牋札·척소尺素·총전寵箋·타운朵雲·편지片楮·편전便箋·편지片紙·한독翰牘·함독函牘·한묵翰墨·한찰翰札·함서緘書·함서函書·함신函信·함음緘音·함찰緘札·함찰函札·함한緘翰·화전華箋·화한華翰·화한華翰 등으로도 씀.

2. **현일**: 음력 7, 8일의 상현上弦과 22, 23일의 하현下弦을 가리킴.

3. **남해시**: 진晉나라 속석束晳이 지은 보망시補亡詩 〈남해南陔〉를 가리킴. 내용은 어버이를 봉양하는 효자의 심정을 담고 있는데, 그 시에 "남쪽 섬돌을 따라 올라가, 난초 캐어 어버이께 바쳐 올리리. 어버이 계신 곳 돌아보며 생각하느라, 마음이 편안할 틈이 없다오.[循彼南陔 言采其蘭 眷戀庭闈 心不遑安]"라고 한 데서 온 말.

19. 차마서借馬書

春寒尚峭 日候甚乖 不審此時

兄體寧謐 允玉善侍劬經 仰

溯且祝之至 弟新年所得 只一

添齒 而衰相轉甚 鬢雪眼

花恰已望七翁貌樣 良悶奈

何第惟近間 擬圖楸下展拜

右石半踏涉寅鞋日由海畫

仰畫存籃去書乃具保僵

扮去費三冒話桑　徐施一涉

今陣世泓額乃兄共園

而百里跋涉　實難自由　玆書
仰貴存鬣者　或可具僕借送
耶當費三四日站矣　諒施之若
何餘非泓穎可旣　姑閣上

차마서借馬書

春寒尚峭, 日候甚乖. 不審此時, 兄體寧謐, 允玉, 善侍劬經, 仰溯且祝
之至. 弟, 新年所得, 只一添齒, 而衰相轉甚, 鬢雪眼花, 恰已望七翁貌
樣, 良悶奈何? 第惟近間, 擬圖楸下展拜, 而百里跋涉, 實難自由, 玆書
仰, 貴存驥者, 或可具僕借送耶? 當費三四日站矣. 諒施之若何? 餘非
泓穎可旣, 姑閣上.

봄추위가 아직도 매섭고 날씨도 매우 이상합니다. 요사이 형께서
는 잘 지내시고 아드님[1]도 부모님 모시고 열심히 공부하고 있는지
매우 그립습니다.

저는 신년 소득이라고는 나이만 한 살 더 먹은 것뿐 쇠약한 몰
골은 갈수록 심해 희어져가는 귀밑머리와 어두워지는 눈은 벌써
일흔을 바라보는[2] 노인과 같습니다. 참으로 민망하니 어찌하겠습
니까?

드릴 말씀[3]은 요사이 선영先塋에 가서 참배를 하려고 했었는데
거칠고 먼 거리를 오가는 것이 참으로 자유롭지 못해 혹시라도 당
신의 말과 종을 함께 빌려주실 수 있는지요? 3, 4일 정도 걸릴 듯하
니 헤아려 빌려주시는 것이 어떻습니까?

나머지는 편지[4]로는 다 할 수가 없어 이만 줄입니다.[5]

1. **아드님**: 원문은 '允玉'. 상대의 아들을 높이 이르는 말. 영윤令胤·영윤令允·
   영윤英胤·옥윤玉胤·윤군胤君·윤군允君·윤랑胤郞·윤랑允郞·윤사胤舍·
   윤사允舍·윤아胤亞·윤옥允玉·윤우胤友·윤우允友·재방梓房·재사梓舍·
   현기賢器·현랑賢郞·현사賢嗣·현윤賢胤·현윤賢允 등으로도 씀.

2. **일흔을 바라보는**: 원문은 '望七翁'. 61세의 나이를 이름. 망구望九는 81세.

3. **드릴 말씀**: 원문은 '第'. 제고第告·제공第控·제번第煩·제중第中 등으로도 씀.

4. **편지**: 원문은 '泓穎'. '泓'은 벼루의 별칭인 '도홍陶泓', '穎'은 붓의 별칭인 '모
   영毛穎'으로 여기서는 편지를 이름.

5. **이만 줄입니다**: 원문은 '姑閣上'. '우선 다른 말들은 물리쳐두고 편지를 올리
   다.'는 뜻으로, '閣'은 '물리치다[却]'는 의미.

20. 답서答書

評花問柳⋯⋯時⋯⋯

悄去誦新年春⋯⋯芳草

一向深荷先生悅⋯⋯去書⋯⋯

津⋯⋯

静養經體差万胜寅寧鱗

吉玉嫂⋯在都候書年遙

評花問柳 此其時也 而寒陰猶

峭 方誦新年 都未有芳華

之句 際承兄書 怳如空谷噓

律憑審

靜養經體候萬胕 寶覃鱗

吉 慰賀區區不任鄙悰 弟 年邁

学道无所不通而用功一生

勤练入文无往不克方可中方圆

万事一纪兵坐而如星六

三明举事无计其里手以善子

闲川江充有林一路好恨实

伊悟

學退 無以副友朋期待之望
慙悚慙悚 示意謹悉 而弟 方圖
蕭寺之行矣 盛教如是 六
足明當專送計耳 豈可以無事
閒行 阻吾兄省楸之路耶 餘不備
仰惟

답서答書

評花問柳, 此其時也, 而寒陰猶峭. 方誦新年, 都未有芳華之句, 際承兄書, 怳如空谷嘘律. 憑審靜養經體候萬腴, 寶覃鱗吉, 慰賀區區不任鄙悰. 弟, 年邁學退, 無以副友朋期待之望, 慙悚慙悚. 示意謹悉, 而弟, 方圖蕭寺之行矣, 盛教如是, 六足, 明當專送計耳. 豈可以無事閒行, 阻吾兄省楸之路耶? 餘不備仰惟.

지금이 바로 꽃과 버들을 노래할 때지만 그래도 추위는 여전히 매섭습니다. 신년의 시에 꽃을 읊는 구절이 조금도 없었는데 형의 편지를 받고는 텅 빈 계곡에 음악소리가 들리듯 마음이 들떴습니다.

정양靜養[1]하시는 경체經體[2]가 좋으시고 식구[3]들도 모두 잘 계시다니 간절한 저의 마음에 위안이 되었습니다.

저는 나이만 먹고 공부는 퇴보하여 벗들의 기대에 부응할 수가 없어 부끄럽고 죄송할 뿐입니다.

하신 말씀을 잘 알았습니다. 저는 지금 막 절[4]에 가려고 했는데 이렇게 말씀을 하시니 종과 말[5]은 내일 보내겠습니다. 일없이 한가한 저의 나들이로 우리 형의 선영先塋 참배길을 어떻게 막을 수 있겠습니까?

나머지는 이만 줄입니다.

1. **정양**: 일반적으로 벼슬을 하다가 물러난 사람에게 쓰는 말.

2. **경체**: 경서經書를 공부하는 상대의 안부를 물을 때 쓰는 말.

3. **식구**: 원문은 '寶覃'. 상대의 식구를 높이 이르는 말로, 고당高堂·귀댁貴宅·금당錦堂·보권寶眷 등으로도 씀.

4. **절**: 원문은 '蕭寺'. 양 무제梁武帝가 많은 절을 지었는데, 그의 성이 소씨蕭氏이므로 절을 '蕭寺'라고 함.

5. **종과 말**: 원문은 '六足'. 종과 말의 다리를 합하면 여섯 개인 데서 이르는 말.

21. 요유춘서邀遊春書

滿山紅綠撼句人言此時候起
猶雜為情若諸花居
空有佳棟䢔洪樂渡李去㐫
事顯健賀渉為方上以書惟
徐了使睡方使起惟故生囷
言呵言向耳此道法上方图燕

滿山紅綠 揔可人喜 此時懷想

殆難爲情 恭請花辰

定省餘 棣體湛樂 瓊章 間得

幾顆 健賀滿萬 弟 近以春惱

醉了便睡 睡了便酣 慵散成痼

良呵良悶耳 此近諸益 方圖煮

花醉喝口和卿久廢一簟其如
弦踔之風雲去禧甘弙閑吾乞
僧絡如弦為僮稉甡專生
多兄孟邵支怜箬蹶謙一帖
专臺一軍丞呈至彥祗

花酬唱 而弟 則久廢之簧 恐不
能蹋下風 曳長裾也 然聞齋之
僧 終不能向壁靜坐 幸望
吾兄亞賜光臨 以爲聯鑣之地
專冀專冀 留面不備候禮

요유춘서邀遊春書

滿山紅綠, 摠可人喜, 此時懷想, 殆難爲情. 恭請花辰, 定省餘, 棣體湛樂, 瓊章, 間得幾顆, 健賀滿萬. 弟, 近以春惱, 醉了便睡, 睡了便酣, 慵散成痼, 良呵良悶耳. 此近諸益, 方圖煮花酬唱, 而弟, 則久廢之簧, 恐不能躡下風, 曳長裾也. 然聞齋之僧, 終不能向壁靜坐, 幸望兄亟賜光臨, 以爲聯鑣之地, 專冀專冀. 留面不備候禮.

온 산에 물든 붉은 꽃과 푸른 나뭇잎은 사람을 기쁘게 하는데, 지금 그대를 향한 그리움으로 마음잡기가 사뭇 어렵습니다. 꽃피는 계절에 부모님 모시고[1] 형제들도 잘 지내고 아름다운 시詩도 그간 몇 편은 지었을 듯하니 매우 축하드립니다.

저는 요사이 봄의 심란함으로 술만 취하면 자고 깨면 취하여 이러한 게으름이 고질병이 되었으니 참으로 우습고 민망합니다.

근처에 사는 여러 친구들이 화전을 부치고 시를 주고받는 일을 도모하지만 저는 한참이나 시를 짓지 않아 당신을 따라가 긴 옷자락을 끌지[2] 못할까 두렵습니다. 그러나 재승齋僧[3]은 끝내 면벽面壁하여 정좌하지 못한다고 들었습니다. 우리 형께서 급히 오셔서 나란히 말을 타기를 오로지 바랍니다.

나머지는 만나서 말씀드리기로 하고 이만 줄입니다.

1. **부모님 모시고**: 원문은 '定省'. 어버이를 정성껏 봉양하는 자리의 도리를 이름. "겨울에는 따뜻하게, 여름에는 시원하게 해 드려야 하며, 저녁에는 잠자리를 보살펴 드리고 새벽에는 문안 인사를 올려야 한다.[冬溫而夏淸 昏定而晨省]"고 한 데서 유래함.《예기禮記》〈곡례 상曲禮 上〉

2. **긴⋯⋯끌지**: 원문은 '曳長裾'. 추양鄒陽이 오吳나라에 벼슬할 때 오왕吳王이 음모를 꾸미자 글을 올려, "지금 신이 만일 간교한 마음을 다한다면 어느 왕후의 문엔들 긴 옷자락을 늘어뜨리지 못하겠습니까."라고 한 데서 유래함.《한서漢書》〈추양열전鄒陽列傳〉

3. **재승**: 음식을 베풀어 많은 대중을 공양供養함을 이르는 말로, 여기서는 자신을 빗대어 이름. '반승飯僧'이라고도 함.

22. 답서答書

鶯歌鷰舞 恰畫昇平氣像

方欲與數三君子 酣暢於泉聲

嶽色之間 豈圖吾兄先獲耶

候事 已悉幅面 而且圖卽時

晉拜 不必贅賀 而飮酬 則弟優

於兄 唱詩 則弟 固落下幾層竅

此刻趁多墻屋突而施艦麼

特殊不覺如以敲礫續一怪好

小久屯発同上

恐刻畵無鹽　唐突西施艶質

然敢不翼如　以斂襞積之懷耶

非久面穩閣上

답서答書

鶯歌鸎舞, 恰畵昇平氣像. 方欲與數三君子, 酣暢於泉聲, 嶽色之間, 豈
圖吾兄先獲耶? 候事, 已悉幅面, 而且圖卽時晉拜, 不必贅賀. 而飲酬,
則弟優於兄, 唱詩, 則弟, 固落下幾層, 竊恐刻畵無鹽, 唐突西施艷質, 然
敢不翼如, 以叙襞積之懷耶? 非久面穩閣上.

　앵무새 울고 제비 춤추니 흡사 태평성대의 기상을 그린 듯합니
다. 군자 두서넛과 샘물 소리와 산 빛 사이에서 실컷 술이나 마시고
싶은데, 우리 형께서는 어떻게 제 마음을 먼저 아셨는지요?
　안부는 이미 편지를 받고 다 알았습니다. 게다가 즉시 찾아뵈려
고 하니 굳이 군더더기 인사말은 하지 않으셔도 됩니다. 술은 제가
형보다 잘 마시지만 시는 제가 몇 수나 낮아 보잘것없는 자질로 억
지로 꾸미기나 할까[1] 두렵기는 하지만 감히 빨리 나아가 쌓였던 회
포를 풀지 않겠습니까?
　오래지 않아 만나 뵙고 말씀드리기로 하고 이만 줄입니다.

1. **보잘것없는……할까**: 원문은 '刻畫無鹽 唐突西施艶質'. 진晉나라 유량庾亮이 주의周顗에게 "사람들이 모두 그대를 악광樂廣에 견주고 있다."라고 하니, 주의가 "어떻게 못생긴 무염無鹽을 화장한 아름다운 서시西施의 앞에 내세운단 말인가.[何乃刻畫無鹽 唐突西施也]"라고 한 데서 유래함.《진서晉書》〈주의열전周顗列傳〉

23. 구석서 求石書

餘書二棺日美那禁港麻

懷仰意兄把坐一般厝

裏敬問淸和

經維至法明勝畫永正好

記玩享得傍及春蒙

拜享淸福堂奎毒苐

餞春已有日矣　那禁涔寂
之懷耶　吾兄　想當一般底
意　敬問清和
經體益護　明牕畫永　正好
觀玩　寧不以所得俯示昏蒙
而獨享清福　艷羨無已　弟

漫以參差中子子福蔽詩

業弦堂譽目兴子沿清兵庵

注折軍启仙庄怪石叢別神

剩界刻奉似絕粗雕禪安

似峰沿孫云逗星奎岡山一脈

函左眼安何以字偃蹇係蒿

漫以無事中有事 移花蒔

藥殆無虛日 此可謂消受底

法耶 第念仙庄怪石叢列神

剜鬼刻 或似絶粒臞禪 或

似吟詩病客 便是金岡山一脈

留在眼前 何以則俱蒐併蓄

正平与甚窝市则沙不橙志

兴是红郡在要王映之己枇

学手窥狀柽章公付圈下撘

送髮颗使比来颠小沈呢扣

奉玩心了元颗亚独委

尤绕亦 徐会

至此而甚富 則階前楹間

只是紅粉蒼翠 交映而已 頓

無奇觀殊格 幸分付園丁擔

送數顆 使此米顚小兒 瞻拜

愛玩 如何 禿穎 不能盡

究 統希諒會

구석서求石書

餞春已有日矣, 那禁涔寂之懷耶? 吾兄, 想當一般底意, 敬問淸和, 經體
益護, 明牕晝永, 正好觀玩, 寧不以所得俯示昏蒙, 而獨享淸福, 艶羨無
己. 弟, 漫以無事中有事, 移花蒔藥, 殆無虛日, 此可謂消受底法耶? 第念,
仙庄怪石叢列, 神剜鬼刻, 或似絶粒臞禪, 或似吟詩病客, 便是金岡[剛]
山一脈, 留在眼前, 何以則俱蒐幷蓄, 至此而甚富? 弟, 則階前楹間, 只是
紅粉蒼翠, 交映而已, 頓無奇觀殊格, 幸分付園丁, 擔送數顆, 使此米顚
小兒, 瞻拜愛玩, 如何? 禿穎, 不能盡究, 統希諒會.

봄이 지난 지 벌써 여러 날이 되었는데, 적막한 회포를 어떻게
금하겠습니까? 우리 형께서도 같은 생각일 것입니다. 4월[1]에 경체
經體는 좋으신지요? 긴 낮 밝은 창은 자연을 관찰하고 완미하기
참으로 좋은데, 깨달으신 것을 어찌 저같이 어리석고 우매한 사람
에게 보여주시지 않고 혼자만 맑은 복을 누리시는지 부럽기 그지
없습니다.

저는 부질없이 아무 일 없는 중에도 일이 있어 꽃을 옮겨 심고
약초를 심는 일로 자못 한가한 날이 없으니 이것이 소일하는 방법
이 아니겠습니까?

형의 집에 모아 놓은 괴석들은 귀신이 깎아 놓은 듯해서 어떤 것
은 곡식을 먹지 않아 마른 신선 같기도 하고 어떤 것은 시를 읊는

병든 나그네 같기도 하여, 금강산의 한 줄기가 눈앞에 펼쳐있는 듯하니 어떻게 이렇게나 많이 수집하였는지요?

저는 계단 앞과 기둥 사이에 붉고 푸른 꽃들만 피어 있을 뿐 도무지 기이한 볼거리와 다른 격조라고는 없으니, 정원지기를 통해 돌 몇 개를 보내주시어 괴석을 좋아하는[2] 저로 하여금 바라보고 절하며 아끼고 감상하도록 해주시는 것이 어떻습니까?

몽땅붓으로 다 말씀드릴 수가 없으니 모두 헤아려 주시기 바랍니다.

---

1. 4월: 원문은 '淸和'. 청화절淸和節의 준말로, 4월의 다른 이름.

2. 괴석을 좋아하는: 원문은 '米顚'. 북송 때의 서화가인 미불米芾의 별호. 매우 기이하게 생긴 큰 돌을 보고는 매우 기뻐하여 의관을 갖추고 절을 하면서 형이라고 불렀다는 '미전배석米顚拜石'의 고사를 이름.《송사宋史》〈문원열전文苑列傳·미불米芾〉

24. 답서答書

晴芳之在筆之一途主訪書
雲連枝晚仙仙縣峽源之幷
倣處荒丰二日怳然色些
華揚醫漫堂惟控夢帘
右挿号后兆可姓炉呈生坐豆
訪茶呈

疇昔之夜夢與一道士訪到

靈區 披覽仙籙 快滌三斗

俗塵 覺來心目恍然 忽此

華翰飛墮 豈懷想夢寐之

間 抑有所兆而然耶 且感且

訝 恭審

经体燕申参懋光反坳朵

安竹室西区噤痔中永日

堀吐唤程活策叶卷以黄痛

庭眼扮以於生针毛悟妙一

方每乃左贡花彦裹扣转

云三秋七阁临善石甘寄一

甚之致也 悶憐悶憐 蓄石甚富之

方無乃本質菲薄 衰相轉

遮眼 旋得旋失 殊無悟妙之

塊坐 喚醒沒策 時或以黃孀

安侍實副區區勞禱 弟 永日

經體燕申益懋 允君 劬業

不岁回了育肯一府二宝室

光安宗已不发程種语一亥

玩物云志圣義为共重速

云後拾巴第一品三顆光宗报

我以苗野钡四茑尘荤此

雨罕多一種枝捏及为此绿

示弟固有膏肓之癖而至若

兄家分送不幾於程伯子所戒

玩物喪志之義耶然重違

盛誨擔送第一品三顆兄則報

我以黃鶴翎四五本若何此

所罕有之種故提及也姑縮

不
備
謝

답서答書

疇昔之夜夢, 與一道士, 訪到靈區, 披覽仙籙, 快滌三斗俗塵. 覺來心目
恍然, 忽此華翰飛墮, 豈懷想夢寐之間, 抑有所兆而然耶? 且感且訝. 恭
審經體燕申益懋, 允君, 劬業安侍, 實副區區勞禱. 弟, 永日塊坐, 喚醒沒
策, 時或以黃媚遮眼, 旋得旋失, 殊無悟妙之方, 無乃本質菲薄, 衰相轉
甚之致也. 悶憐悶憐. 蓄石甚富之示, 弟, 固有膏肓之癖, 而至若兄家分
送, 不幾於程伯子所戒 玩物喪志之義耶? 然重達盛誨, 擔送第一品三
顆, 兄則報我以黃鶴翎四五本, 若何? 此所罕有之種, 故提及也. 姑縮
不備謝.

　전날 밤, 한 도사와 신령스러운 곳을 방문해 선록仙籙[1]을 펼쳐보
자 세 말이나 되는 속세의 티끌이 깨끗하게 씻겨 내려가는 꿈을
꾸었습니다. 그러다 잠을 깨고 나니 마음과 눈이 황홀했었는데 갑
자기 당신의 편지가 도착하였으니 어찌 오매불망寤寐不忘 그립던
중에 조짐이 있어 그랬던 것이 아니었겠습니까? 감사하고도 의아
합니다.

　경체經體는 좋으시고[2]아드님도 열심히 공부하면서 부모님 잘 모
시고 있다니 참으로 간절한 바람에 부합되었습니다.

　저는 종일 흙덩이처럼 우두커니 앉아서 마음을 일깨울 계책도
없이 때때로 책[3]을 보기도 하지만 얻기만하면 잃어버리니 달리 뾸

족한 방법이 없습니다. 제가 타고난 자질이 보잘것없고 몸골이 점점 쇠약해지는 탓이 아니겠습니까? 가련합니다.

수집한 돌이 많다는 말씀에, 저에게 고질병인 고황膏肓[4]이 있지만 형께 나누어 드리는 것은 정백자程伯子[5]가 경계한 완물상지玩物喪志[6]하던 뜻에 가깝지 않겠습니까? 그러나 거듭 말씀을 어겼기에 제일 좋은 것으로 세 개를 보내드리니 형께서는 저에게 황학령黃鶴翎[7] 4~5 뿌리로 갚는 것이 어떻습니까? 이는 보기 드문 품종이라 드리는 말씀입니다.

이만 줄이고 답장을 드립니다.

---

1. **선록**: 신선의 비기秘記를 이름.
2. **좋으시고**: 원문은 '燕申'. 공자의 문인이 평소 공자의 기상을, "스승께서 한가로이 계실 때는 그 모습이 태연자약하고 온화하셨다.[子之燕居 申申如也 夭夭如也]"고 한 데서 유래함.《논어論語》〈술이述而〉
3. **책**: 원문은 '黃孄'. 책을 보면 잠이 잘 온다 하여 '낮잠', 또는 '서책'을 말함.
4. **고황**: 치료할 수 없는 깊은 병을 이름.
5. **정백자**: 송나라의 도학자인 정호程顥를 이름. 정호와 정이程頤 형제를 모두 정자程子라 칭하기 때문에 형인 정호를 '백자伯子'라 이름.
6. **완물상지**: 작은 기예에 탐닉한 나머지 원대한 뜻을 잃는 것을 말함. 송나라 유학자 사량좌謝良佐가 사서史書를 잘 외우며 박학다식한 것을 자부하자, 정명도程明道가 "잘 외우고 많이 알기만 하는 것은 장난감을 가지고 놀면서 본심을 잃는 것과 같다.[以記誦博識 爲玩物喪志]"고 경계함.《정씨유서程氏遺書》
7. **황학령**: 국화의 일종으로, 홍학령紅鶴翎·백학령白鶴翎과 함께 삼령三翎에 속함.

25. 구시서求詩書

玉抄 軒筈枉惜蓬蓽生輝

伊渡涇息滄如晚担昌者

少恊仰詢榀娱

娃房寧探彬房此葉原仿

澤既是雅艸生衣公担些

幸彩直弓秋霉垚于條

春杪 軒駕枉臨 蓬蓽生輝

伊後 信息漠如 瞻想 曷嘗

少懈 仰詢榴烘

體度寧攝 胤房 次第善侍

潏祝區區願聞 生 省側粗遣

幸私 適有秋露 足可滌

最好些眼一一恨多如十七者

滾去者乃半個新瓶來易靳

抄取以為整卷一雲江窄差

暑 故忘略送呈 恨不多也 伏想

瓊章 間得幾個新編 幸勿靳

抄示 以爲警發之冀冀 謹不備候

구시서 求詩書

春杪, 軒駕枉臨, 蓬蓽生輝, 伊後, 信息漠如, 瞻想, 曷嘗少懈. 仰詢榴
烘, 體度寧攝, 胤房, 次第善侍, 溯祝區區願聞. 生, 省側粗遣幸私, 適
有秋露, 足可滌暑, 故忘略送呈, 恨不多也. 伏想瓊章, 間得幾個新編,
幸勿靳抄示, 以爲警發之冀冀. 謹不備候.

　봄 끝에 그대가 찾아와 오두막집¹이 빛이 났었는데, 그 후로는 다
시 소식이 막연하니 그리움이 어찌 조금인들 느슨할 수 있겠습니
까? 5월² 더위에 편안하시고 아드님은 차례로 부모님 모시고 잘 지
내는지 간절히 그립습니다.

　저는 부모님을 모시며 별 탈 없이 지내고 있어 다행입니다. 마침
추로주秋露酒³가 있어 더위를 씻을 만하니 약소함을 잊고 보내드리
기는 하지만 그다지 많지 않은 것이 한스럽습니다.

　그 사이 새로 지은 시詩가 있다면 아끼지 마시고 베껴 보내주시
어 저를 일깨워주시기 바랍니다.

　이만 줄입니다.

1. **오두막집**: 원문은 '蓬蓽'. 오두막의 사립문이라는 뜻을 가진 '봉문필호蓬門蓽戶'의 준말.

2. **5월**: 원문은 '榴烘'. 석류가 자라는 더운 때라는 뜻으로, 유열榴烈·유하榴夏·유화榴花·유화월榴花月 등으로도 씀.

3. **추로주**: 술 이름. '추로백秋露白'이라고도 함. "가을 이슬이 흠뻑 내릴 때, 넓은 그릇에 이슬을 받아 빚은 술을 추로백秋露白이라고 하는데, 향긋하고 쏘는 맛이 있다."라고 함.《산림경제山林經濟》〈치선治膳〉

26. 답서答書

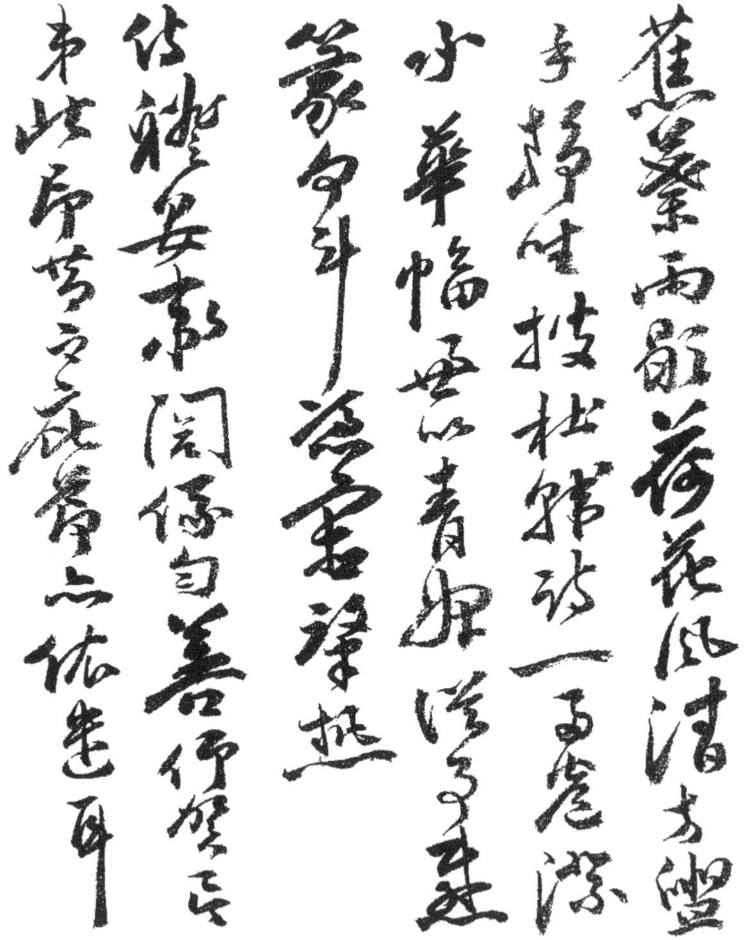

蕉葉雨歇 荷花風清 方盥

手靜坐 披杜韓詩 一兩卷際

承華幅兼以淸州從事 感

篆何斗 憑審肇熱

侍體安衛 閤儀勻善 仰賀區區

弟狀印昔 而庇節 亦依遣耳

卻展漫臭蹄來了 新得事

頂之不去些句只差 日家燈

盞 此不是接眼珠子 是動摇

故露挑寫 正烟行正差

倦攜把雅筆 田當謝

郊居漫興 雖或有新得幾

頁 而別無驚句 只道自家娛

貧之 此不足掛眼 然示意勤摯

故露拙寫呈 卽賜斤正 若何

餘撥忙略草 留不備謝

답서答書

蕉葉雨歇, 荷花風清, 方盟手靜坐, 披杜韓詩一兩卷際, 承華幅兼以淸
州從事, 感篆何斗. 憑審肇熱, 侍體安衛, 閤儀勻善, 仰賀區區. 弟狀印
昔, 而庇節, 亦依遣耳. 郊居漫典, 雖或有新得幾頁, 而別無驚句, 只道
自家娛貧之, 此不足掛眼, 然示意勤摯, 故露拙寫呈, 卽賜斤正, 若何?
餘撥忙略草, 留不備謝.

　파초 이파리에는 비가 그치고 연꽃잎에는 맑은 바람이 부는데,
손을 씻고 고요히 앉아 두보杜甫와 한유韓愈의 시 한 두 권을 펼
즈음에 편지와 술을 보내주시니 감사한 마음을 어떻게 헤아릴까
요? 편지를 받고 더운 날씨에 부모님 모시고 잘 계시고 식구들도 모
두 잘 지내신다니 축하드립니다.

　저는 예나 다름없고 식구들도 그럭저럭 지내고 있습니다. 교외에
살면서 일어나는 흥취에 새로 지은 시가 몇 수 있지만 달리 잘 지
은 것은 없고, 단지 제 스스로 가난을 즐기는 것만 읊은 것이라 남
에게 보일 것은 못됩니다. 그러나 간곡한 말씀에 졸렬함을 드러내
고 보내드리니 고쳐주시는 것이 어떻습니까?

　나머지는 바쁜 일을 제쳐두고 간략하게 쓰고 이만 답장을 줄입
니다.

1. **술**: 원문은 '淸州從事'. 좋은 술을 말함. 진晉나라 환온桓溫의 주부主簿로 있던 사람이 술맛을 잘 감정하였는데, 맛좋은 술은 '청주종사'라고 하고 나쁜 술은 '평원독우平原督郵'라고 불렀던 고사에서 유래함. 《세설신어世說新語》〈술해術解〉

27. 구시급요방서 求詩及邀訪書

平邦此間書祖此甚昕夕晚
詠□此吞物未化敬呈奉□
光軆燕渡宿武祖未有時
糧雨叮上渡為墊長□何案
府說稅稻□呈查□以壹左
消□□□覺兄宜書空等右

歲將半周 音阻此甚 昕夕瞻

詠 有如吞物未化 敬問炎潦

兄體燕謐 肩武鉏未 商晴

較雨 時與溪翁埜老 問桑

蔴說秔稻 此是古今不得意者

消遣法 而賢兄 宜有定算於

胖妻祝彼一生後之晃壹泥
鞋趨亟宝津就祀瓠枭伍
牲盡鞜酬以相羊吳弟五
清納徐一筆鞁指無名葦
操僅勹抱傈甫味之恨無奴
光清故李夕至左名卄生泉

肚裏視彼一生役役　暑蓋泥

鞋趍逐要津　孰憂孰樂　優

哉遊哉聊以相羊矣　弟近

得納凉一策　新構數間第

棟僅可抱膝嘯咏　而恨無如

兄清致　常在左右　共此泉

石烟霞〜癖年〜殂

瀆竹以移橋右子鬘舯寺

一石掃楊擬它尚閣上

石烟霞之癖耳 幸賜

瓊什以侈楣間 千萬千萬 那當

一顧 掃榻擬企 姑閣不備上

구시급요방서 求詩及邀訪書

歲將半周, 音阻此甚, 昕夕瞻詠, 有如呑物未化. 敬問炎潦兄體燕謐, 肩武鉏耒, 商晴較雨, 時與溪翁埜老, 問桑麻説秔稻, 此是古今不得意者, 消遣法. 而賢兄, 宜有定算於肚裏, 視彼一生役役, 暑蓋泥鞋, 趍逐要津, 孰憂孰樂? 優哉遊哉, 聊以相羊矣. 弟, 近得納凉一策, 新構數間第棟, 僅可抱膝嘯咏, 而恨無如兄淸致, 常在左右, 共此泉石烟霞之癖耳. 幸賜瓊什 以侈楣間, 千萬千萬. 那當一顧, 掃榻擬企, 姑閣不備上.

한 해가 반이나 지나가는데 이렇게까지 소식이 막혀 밤낮으로 그리는 마음은 마치 먹은 음식이 소화되지 않은 듯합니다. 장마철 무더위에 형께서는 잘 지내시는지요? 호미와 쟁기를 메고 날씨나 헤아리며 때때로 계곡과 들에 있는 늙은이들과 뽕이나 마, 벼농사 이야기나 주고받으며 지내고 있으니 이것이 예나 지금이나 뜻을 얻지 못한 사람들이 세월을 보내는 방법일 것입니다.

형께서는 의당 마음속에 정해 놓은 계획이 있어 저처럼 평생을 수고롭게 일산日傘을 쓰고 진신을 신고서 요직要職[1]을 바쁘게 쫓아 다니는 사람과 비교하면 누가 누구를 근심하고 즐거워할까요. 평화롭고 한가롭게 소요逍遙[2]할 뿐입니다.

저는 요사이 시원하게 지낼 계책으로 새로 지은 몇 칸 집은 겨우 무릎을 끌어안고 시를 읊조릴 만하지만 우리 형처럼 맑은 흥취를 가진 사람이 늘 가까이에 있어 빼어난 경치를 함께 즐길 수 없는 것이 한스러울 뿐입니다. 형의 훌륭한 시를 보내주시어 저의 인중방引中枋[3]을 사치스럽게 해 주시기를 간절히 바랍니다. 언제쯤 한 번 찾아와 주실지 의자를 쓸어놓고 기대하고 있겠습니다.

　이만 줄이고 편지를 드립니다.

---

1. **요직**: 원문은 '要津'. '津'은 물을 건너는 곳으로, 벼슬의 중요한 지위를 가진 사람을 비유함.
2. **소요**: 원문은 '相羊'. "약목의 가지를 꺾어 태양이 지지 못하게 후려쳐서, 잠시 동안 여기저기 한가하게 소요해 볼거나.[折若木以拂日兮 聊逍遙以相羊]"고 한데서 유래함. 〈이소離騷〉
3. **인중방**: 인방引枋과 중방中枋을 아울러 이르는 말. 일반적으로 건물 처마 밑 시판詩板을 걸어두는 곳을 이름.

28. 답서答書

暑潦薰人方貊帶撟筆

思得孤寒門口濯清風自

承

羅牘如知清涼牧數蹈夕

慈如之洊審

經整趑鵬精盧斬指象

暑潦薰人 方解帶撓篦

思得狃寒門 而濯清風 忽

承

寵牘 如服清凉散數貼 何

感如之從審

經體超勝 精舍新構 泉

石之泉煙霞之氣不饒他

人須急急吃上好圓罩未知今

塘之水何來魚代先朱昌

賀昌魣笋生以笋羹青饰

飽吞石床上漁魚沽料粮

無菜人今巷去耳傍五韵

石之美 煙霞之樂 不讓他

人 便忘老之將至 第未知穹

壞之間 何樂可代兄樂昂

賀昂艷 弟 近以筍羹麥飯

飽臥石床上 酒思詩料 頓

無對人可道者耳 俯示韻

语素耳不姻句　難孤　毕志

蓋揩旦以诗字三年世匆张

他眠生緊添生後筆思言揭

而弓弟河

語 素來不嫻 而難孤盛意

蕪構送似 詩可云乎哉 勿掛

他眼是冀 凉生後 第思晉攄

留不備謝

답서答書

暑潦薰人, 方解帶撓[搖]箑, 思得狂寒門, 而濯清風, 忽承寵牘, 如服清
凉散數貼, 何感如之? 從審經體超勝, 精舍新構, 泉石之美, 煙霞之樂,
不讓他人, 便忘老之將至. 第未知穹壤之間, 何樂可代兄樂? 昂賀昂艶.
弟, 近以筍羹麥飰, 飽臥石床上, 酒思詩料, 頓無對人可道者耳. 俯示韻
語, 素來不嫺, 而難孤盛意, 蕪構送似, 詩可云乎哉? 勿掛他眼是冀. 凉
生後, 第思晉攄, 留不備謝.

장마철 무더위가 사람을 찌는 듯하여 띠를 풀어놓고 부채질 하
며 한문寒門으로 날아가 시원한 바람에 씻고 싶었는데[1], 갑자기 보
내신 편지를 받으니 청량산淸凉散[2]을 몇 첩이나 복용한 것 같아 감
사한 마음을 어찌하겠습니까?

경체經體는 좋으시고 정사精舍를 새로 지으셨다니 석천石泉의 아
름다움과 노을의 즐거움을 남에게 양보할 수가 없어 늙는 것조차
잊을 듯합니다. 천지 사이에 무슨 즐거움이 형의 즐거움을 대신하
겠습니까? 축하드리고 부럽기만 합니다.

저는 요사이 죽순국과 보리밥을 배불리 먹고 석상石床에 누워 술
마시고 시詩의 소재를 생각하며 지내고 있어서 남에게 할만한 말
이 없습니다. 말씀하신 운韻은 본래 미숙하지만 형의 뜻을 저버릴

수가 없어 거칠게나마 엮어 보내니 시詩라고 할 수 있을 지요? 다른 사람에게는 보여주지 마십시오. 날이 시원해지면 찾아뵙고 말씀드리려 합니다.

　이만 줄이고 답장을 드립니다.

---

1. **한문으로……싶었는데:** 원문은 '狂寒門而濯淸風'. 북극에 있는 차가운 곳을 이름. 주자朱子가 공풍龔豊에게 보낸 답장에, "새로 지은 시를 부쳐 주어 읽어 보니……이 무더운 여름철을 당하여 한문으로 날아가 시원한 바람에 씻은 듯하다."고 한 데서 유래함. 《주희집朱熹集》〈답공중지答龔仲至〉

2. **청량산:** 목이 붓고 아픈 증상에 복용하는 가루약으로 입과 목을 시원하게 함.

29. 요혁기서 邀奕棋書

新篁陰密　老梧風飜　此時此

懷那禁憧憧　寅請清商

靜養起居晏重　眷儀枚吉

昂溯勞祝　弟狀　依分私幸耳

方有尊客戾止　擬作橘中之樂

而傍無過行　則亦沒滋味　故茲

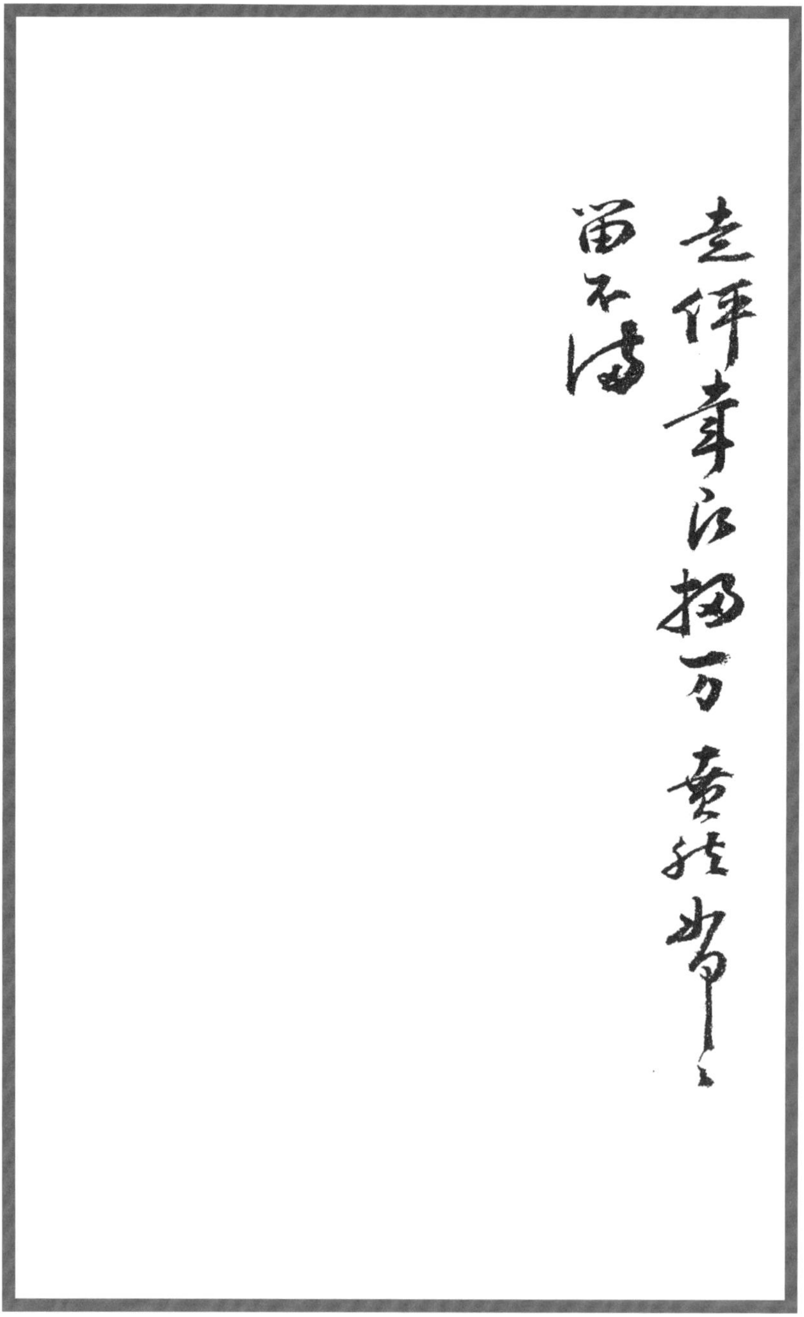

走伻 幸即掃萬賁然 如何如何

留不備

요혁기서 邀奕棋書

新篁陰密, 老梧風飜, 此時此懷, 那禁憧憧. 寅請清商, 靜養起居晏重,
眷儀枚吉, 昻溯勞祝. 弟狀, 依分私幸耳. 方有尊客庚止, 擬作橘中之
樂, 而傍無過行, 則亦沒滋味, 故茲走伻, 幸卽掃萬賁然, 如何如何?
留不備.

 대숲 그늘이 짙고 늙은 오동잎이 바람에 펄럭이는 이때, 간절한
저의 그리움을 어떻게 금하겠습니까? 가을[1]에, 정양하시는 안부는
좋으시고 식구들도 모두 잘 계신지 매우 그립습니다.

 저는 분수껏 지내고 있으니 다행스럽습니다. 존객尊客이 도착하
여 즐겁게 바둑을 두는데[2] 곁에 훈수訓手하는 사람이 없으면 재미
가 없을 것입니다. 그래서 이렇게 심부름꾼을 보내니 만사를 제치
고 왕림해주시면 어떻습니까?

 나머지는 이만 줄입니다.

1. **가을**: 원문은 ‘淸商’. 오음五音의 하나인 상성商聲을 말함. 가을에 속하는 상성商聲의 맑고도 슬픈 노래를 이름.

2. **즐겁게⋯⋯두는데**: 원문은 ‘橘中之樂’. 바둑을 두는 즐거움을 이르는 말로, ‘귤중희橘中戱’라고도 함. 옛날에 파공巴邛 사람이 자기 귤원橘園에 대단히 큰 귤이 있으므로, 이를 이상하게 여겨 쪼개어 보니, 그 귤 속에 수염이 희얀 두 노인이 시로 마주 앉아 바둑을 두면서 즐겁게 담소를 나누고 있었다. 그중에 한 노인이 말하기를, “귤 속의 즐거움은 상산商山에 뒤지지 않지만, 뿌리가 깊지 못하고 꼭지가 튼튼하지 못해 어리석은 사람이 따 가게 되었다.”고 한 데서 유래함.《현괴록玄怪錄》〈파공인巴邛人〉

30. 답서答書

新正乍辭萱幃就淸直不
惠札莊誦且歡仰審連元飄不暫
兄體萬牋昌候乃事堪多喜慄
叶事以潤櫛詩集瀟灑胷中
三年沙三爲此不覺如坐甲榮
反自愧難長公之不如但已撤察

數日來 蟬聲益淸 適承

惠札 莊誦無斁 仍審金飄乍動

兄體萬腴 昂頌昂頌 弟 塊了虛幌

時或以陶柳詩集 灌澆臆中

而已 來汝之敎 敢不翼如 而弟 某

反不如蘇長公之不如 但恐樵客

一燥杨耳車亞不挑長

之爛柯耳 留面不拖長

답서答書

數日來, 蟬聲益淸, 適承惠札, 莊誦無斁. 仍審金飆乍動, 兄體萬腴, 昂頌昂頌. 弟, 塊了虛幌, 時或以陶柳詩集, 灌澆胷中而已. 來汝之敎, 敢不翼如, 而弟, 棊反不如蘇長公之不如, 但恐樵客之爛柯耳. 留面不拖長.

며칠 동안 매미 소리가 더욱 맑더니 마침 보내신 편지를 받아 보고는 매우 기뻤습니다. 가을 기운이 조금 일어나는데 형께서 잘 지내신다니 축하드립니다.

저는 빈 휘장 속에서 아무 지각없는 흙덩이처럼 지내면서 간혹 도연명陶淵明과 유종원柳宗元의 시집을 읽으며 가슴속을 씻어 낼 뿐입니다. 초청의 말씀에 감히 급히 가지 않겠습니까마는 저의 바둑실력은 소장공蘇長公[1]만은 못하지만[2] 나무꾼처럼 도끼자루를 썩히지나 않을지 걱정입니다.

이만 줄입니다.

1. **소장공:** 소장공蘇長公은 소동파蘇東坡를 높여 이르는 말. 소식蘇軾이 소순蘇洵의 장자이고 문장이 백대의 으뜸이라고 할 만했기 때문에, 그를 일컬어 장공長公이라고 하고 그의 아우 소철蘇轍은 소공少公이라고 함.

2. **바둑실력은……못하지만:** 원문은 '某反不如蘇長公之不如'. 소동파는 자신의 바둑실력에 대하여, "나는 본디 바둑을 둘 줄 몰랐다. 한번은 혼자서 여산廬山의 백학관白鶴觀을 유람하였는데, 관觀 사람들이 모두 문을 닫고 낮잠을 자서, 물 흐르는 시냇가 노송老松 숲에서 바둑 두는 소리만 들려왔다. 나는 그 소리에 기분이 좋아져 나도 모르게 바둑을 배우고 싶어졌다.[予素不解棋 嘗獨游廬山白鶴觀 觀中人皆闔戶晝寢 獨聞棋聲于古松流水之間 意欣然喜之 自爾欲學]"고 함.《소동파집蘇東坡集》〈관기觀棋〉

31. 궤송어서饋送魚書

稉稌新熟 豊稔可喜 謹

惟殷秋

體事萬腴 頂頌頂頌弟飫

新稻 供大碗 時誦仲長

統樂志論數遍而已 第雲

臺近 謂前川漁箔 朝得

可鮮玉斷十庚阁稻苔
光暖侶山裏苇根丝脉色
以末岈了一雪邛潼仚试
左移

可鮮者 數十尾 因想吾

兄 咬得山裏菜根 忘略送

似 幸供一夕之需耶 謹不戩

候禮

궤송어서饋送魚書

稻穑新熟, 豊稔可喜. 謹惟, 殷秋, 體事萬胩, 頂頌頂頌. 弟, 飯新稻, 供
大碗, 時誦仲長, 統樂志論數遍而已. 第雲臺近, 謂前川漁箔, 朝得可鮮
者, 數十尾, 因想吾兄, 咬得山裏菜根, 忘略送似, 幸供一夕之需耶. 謹不
戩候禮.

 벼가 익어 가니 풍년을 기뻐할 만합니다. 중추仲秋[1]에 잘 계시기
를 머리 숙여 바랍니다. 큰 사발에 햅쌀로 밥을 지어 먹고 간혹 중
장통仲長統[2]의 〈낙지론樂志論〉 등 몇 편의 글을 읽으며 지내고 있습
니다.

 운대雲臺 근처 앞 시내에 통발을 놓아 아침에 생선이라 할 만한
물고기 수 십 마리를 잡았는데 우리 형께서 산속에서 나물만 드실
듯하여 소략하나마 보내드리니 하루저녁 반찬거리로 드시기 바랍
니다.

 이만 줄입니다.

1. **중추**: 원문은 '은추殷秋'. 8월의 별칭.

2. **중장통**: 후한後漢 때 사람으로, 〈낙지론樂志論〉을 지어 공명에 뜻을 두지 않고 자연 속에 한가히 노니는 것을 즐거움으로 삼았음.

32. 답서答書

一年的月逢好全月多多

兄月思兄等程達勤深佳

惠訊及於山廚无些尢劳

浮室仲秋

先體清佳田園隱采悅水

座法一為雖賀叶悅和楼

一年明月 莫如今月之月

見月思兄 夢想逾勤 際此

惠訊 及於山廚 尤感尤荷

從審仲秋

兄體清佳 田園所樂 怡如

摩詰所畫 艷賀叶祝 弟 摗

碧磵千章渔笏杖藜跫音

味幸与兄惠以幸庇躯今

食美与却愧古人嗜痂長之

栽耳渾言高游

碧餐素 便若老頭陀氣
味 幸吾兄 惠以辛尾鮮可
食矣 而却愧古人嗜不受之
義耳 謹不備謝

답서答書

一年明月, 莫如今月之月. 見月思兄, 夢想逾勤, 際此惠訊, 及於山廚,
尤感尤荷. 從審仲秋, 兄體淸佳, 田園所樂, 怳如摩詰所畵, 艷賀叶祝.
弟, 捿碧餐素, 便若老頭陀氣味, 幸吾兄, 惠以辛[新]尾鮮可食矣.
而却愧古人嗜不受之義耳. 謹不備謝.

　1년 중 이번 달만큼 밝은 달은 없을 것입니다. 달을 쳐다보며 형
을 그리는 마음이 꿈에서도 더욱 간절하였는데 형의 편지가 산 속
저의 집[1]에 이르니 더욱 감사하였습니다.

　편지를 받고서 중추仲秋에 형께서 잘 지내시고 전원생활의 즐거
움은 마치 마힐摩詰이 그린 그림 같아[2] 저의 바람대로 지내신다니
부럽고 축하합니다.

　저는 푸른 산속에 살면서 나물만 먹고 지내고 있으니 노쇠한 승
려의 기미氣味와 같았습니다. 그런데 다행히 우리 형께서 보내주신
신선한 물고기를 먹게는 되었지만 거절을 즐겼던 옛 사람들의 의리
에 부끄러울 따름입니다.

　이만 줄이고 답장을 드립니다.

1. **산……집**: 원문은 '山廚'. 원래는 산 속 주방이란 뜻이지만 여기서는 자신의 보잘것없는 집을 이름.

2. **마힐이……같아**: 원문은 '摩詰所畵'. 마힐은 당나라 때 시인으로 산수화에도 아주 뛰어났던 왕유王維의 자. 소식蘇軾이 일찍이 왕유의 남전연우도藍田煙雨圖에, "마힐의 시를 음미해 보면 시 속에 그림이 있고, 마힐의 그림을 관찰해 보면 그림 속에 시가 있다.[味摩詰之詩 詩中有畵 觀摩詰之畵 畵中有詩]"고 한 데서 유래함.

33. 송작시서送作詩書

玉露凋華金菊吐艷

物慾人尤不擇佳惆愴仕雖杜

渴見艦篠重昂潮壇

書至因胃家不和飮喋鲜

喋蛀潚穢穢疲骨滯家枕

辭曰 金剛山一筆月候ㄱ

玉露彫華 金菊吐馨 覽

物懷人 尤不禁悵惘 伏惟秋

陽兄體葆重 昂溯憧憧

弟近因胃家 不和飲啄頓

啄頓減 稜稜瘦骨 便若枕

屛於金岡山一峯 自唉自憐

室頻嶠頗語誰魚漢漢

今才指望晝印霞詭矯

好俯插漏不才差強

向者 頻囑顔語 神思漢落

今才構呈 覽卽覆瓿 爲

好爲好 餘掛漏 不備候禮

송작시서送作詩書

玉露彫葦, 金菊吐馨, 覽物懷人, 尤不禁悵惘. 伏惟秋陽, 兄體葆重, 昂溯憧憧. 弟, 近因胃家, 不和飲啄, 頓啄頓減, 稜稜瘦骨, 便若枕屏於金岡[剛]山一峯, 自哂自憐. 向者, 頻囑顔語, 神思澆落, 今才構呈, 覽卽覆瓿, 爲好爲好. 餘掛漏, 不備候禮.

옥처럼 맑은 이슬이 꽃을 꾸미고 금빛 국화가 향기를 토해내는 즈음에 경물景物을 볼 때마다 사람을 그리워하는 창망한 마음을 금할 길 없습니다. 가을볕[1]에 형께서는 별고 없이 잘 지내시는지 그립습니다.

저는 요사이 위가胃家[2]로 인하여 먹고 마시는 것이 조화롭지 못해 먹는 양이 줄어 점점 야위어 가는 몰골이 마치 금강산 한 봉우리를 병풍처럼 펼쳐 놓은 듯하니, 제 자신이 우습고 가련합니다.

지난번 말씀하신 편액扁額의 시는 정신이 쇠락하여 이제 겨우 엮어서 드리니, 보시고는 곧바로 장독 뚜껑[3]으로나 쓰시면 좋겠습니다.

나머지는 이만 줄이고[4] 안부 편지를 드립니다.[5]

1. **가을볕**: 원문은 '秋陽'. 음력 8월을 이르는 말. 가월佳月·계월桂月·계추桂秋·
   고추高秋·관괘觀卦·관월觀月·교월巧月·남려南呂·노랭露冷·소월素月·안
   월雁月·엽월葉月·영한迎寒·완월玩月·월석月夕·유월酉月·정추正秋·조월
   棗月·중상仲商·중추中秋·중추절仲秋節·청추淸秋·추고秋高·추양秋陽·
   추은秋殷·추천秋天·한단寒旦 등으로도 씀.

2. **위가**: 위, 소장, 대장 따위를 통틀어 이르는 말.

3. **장독 뚜껑**: 원문은 '覆瓿'. 대개 자신의 글을 겸손하게 이르는 말. "유흠劉歆
   이 양웅이 지은《법언法言》을 보고 '왜 세상에서 알지도 못하는 글을 이
   토록 애써지었을까. 나중에는 장독 뚜껑밖에 되지 않을 것 같다.' 했다."고
   한 데서 유래함.《한서漢書》〈양웅열전揚雄列傳〉

4. **줄이고**: 원문은 '掛漏'. '掛一漏萬'의 준말. 누괘漏掛·누만漏萬이라고도 함.
   편지 끝에 상투적으로 쓰는 말로, 할 말은 많지만 한 가지만 쓰고 나머지
   는 줄인다는 뜻.

5. **안부……드립니다**: 원문은 '不備候禮'. 편지의 끝에 쓰는 투식으로 '안부
   편지의 예를 갖추지 제대로 갖추지 못하였다.'는 의미임.

34. 답서答書

奉謝溽暑吋物燈彙悵
風機懷切怛血生海幅恄
話悅接菜時孟沅旨涼茅
惟 兄維了去寧接伊朱
脩函秋風弗珍雅種工郡之
访語欸捏去不口懷澹吣

鷰謝鴻賓 時物嬗變 臨

風 祗增忉怛 忽此滿幅情

話 怳接英眄 慰浣則深 第

惟兄體 有失寧攝 何等

供慮秋風病欲蘇 工部之

詩誤歟 想當不日 快復以

陳天和長兄万攬葉集

去秋書畫如里客海孔緣

邛修區瓊臺披詠數回龕

嚀畫了味陡以幸句幸門一僧

宜還一瓟地美去十琴琭莊

甲心葉於一寶耳琺琺㻵

臻天和矣 弟 百擾叢集
當秋益劇 此豈苦海宿緣
耶 俯送瓊章 披詠數回 逾
嚼逾有味 雖以章句專門之儒
宜讓一頭地矣 當十襲珍藏
留作案頭之寶耳 謹不備謝

답서 答書

驚謝鴻賓, 時物嬗變, 臨風, 祇增忉怛, 忽此滿幅情話, 怳接英眄, 慰浣則深. 第惟兄體, 有失寧攝, 何等供慮. "秋風病欲蘇", 工部之詩誤歟. 想當不日, 快復以臻天和矣. 弟. 百擾叢集, 當秋益劇, 此豈苦海宿緣耶? 俯送瓊章, 披詠數回, 逾嚼逾有味, 雖以章句專門之儒, 宜讓一頭地矣. 當十襲珍藏, 留作案頭之寶耳. 謹不備謝.

　제비는 돌아가고 기러기가 찾아오는 환절기에 가을바람을 마주하니 더욱 마음이 괴로웠는데, 뜻밖에 이렇게 편지 가득 정다운 말씀을 보내주시니 마치 형[1]을 만난 듯하여 매우 위안이 되었습니다.

　형께서 건강을 잃었다는 소식에 얼마나 걱정이 되든지요. "가을바람에 병이 낫겠네[2]."라는 두공부杜工部[3]의 시는 잘못일는지요. 오래지 않아 원기를 회복하실 것입니다.

　저는 때로 모여들던 온갖 근심이 가을이 되자 더 심해져만 가니 어찌 인간세상의 오랜 인연이 아니겠습니까? 보내주신 시는 펴서 여러 번 곱씹을수록 맛이 있어 아무리 글을 잘 짓는 선비라도 한 걸음 양보해야 할 것입니다[4]. 마땅히 열 겹으로 싸서 소중히 간직하여 책상머리의 보배로 삼겠습니다.

　이만 줄입니다.

1. **형**: 원문은 '英眄'. 빛나는 눈이라는 뜻으로 상대방의 모습을 이르는 말.

2. **가을바람에……낫겠네**: 원문은 '秋風病欲蘇. 두보杜甫의 시 〈강한江漢〉에, "해지니 마음 오히려 비장해지고, 가을바람에 병이 낫겠네.[落日心猶壯 秋風病欲蘇]"라는 구절임.

3. **두공부**: 벼슬이 공부원외랑工部員外郎이었던 두보杜甫를 이름.

4. **한……것입니다**: 원문은 '宜讓一頭地矣'. 송나라 구양수歐陽脩가 소식蘇軾의 글을 읽어 보고는 "노부가 마땅히 길을 피해 그에게 한 걸음 뒤로 양보해야 하겠다.[老夫當避路 放他出一頭地也]"고 매성유梅聖兪에게 보낸 편지에서 유래함.《송사宋史》〈소식열전蘇軾列傳〉

法承清海之間嘗綱弟邃

慕粟切此問批宇

道體差寧證玉青牙徑室

懋昇漆匹之任殊悔生踰坐

寵座对以古人糟粕祖邓弓

少壽味弎舊莊靬昧涉戈

陪承清誨 已閱數個朔 感

慕采切 伏問秋寒

道體候寧謐 玉肖 課經益

懋昂潄區區不任賤悰 生踜伏

窮廬 時以古人糟粕 咀得多

少意味 然舊茫新眜 渺無

遠於之様至於四個悼如

遠矣陳同甫於諫鄧先

人遺筆於古巾細古未緒矣

筆砚不有疑姓十5才寛輯餘

付剖剧室巧巻情雅及子

為一巻巻於後了壽

進就之梯 其如小人之歸 不
遠矣 悚悶奈何 就悚鄙先
人 遺藁散在巾衍 尚未繡橐
莫非不肖致然也 今才蒐輯 謀
付剞劂 而必得當世博雅君子
爲之讐校 爲之弁卷然後 可壽

拄文弘弘緝寫筆 下烧後

印购 指正向新另笔一序子

万此坐体去送耩只送进如

古此佳

於世　玆敢繕寫以呈　下覽後

卽賜校正　勿靳弁卷之序　千

萬伏望　餘在迷瞀口達　謹不

備伏惟

구변권서求弁卷書

陪承淸誨, 已閱數個朔, 感慕采切. 伏問秋寒, 道體候寧謐, 玉肖, 課
經益懋, 昂溸區區不任賤悰. 生, 跧伏窮廬, 時以古人糟粕, 咀得多少
意味, 然舊茫新昧, 渺無進就之梯, 其如小人之歸, 不遠矣. 悚悶奈
何? 就悚, 鄙先人, 遺藁散在巾衍, 尙未繡棗, 莫非不肖致然也. 今才
蒐輯, 謀付剞劂, 而必得當世博雅君子, 爲之讐校, 爲之弁卷, 然後可
壽於世, 玆敢繕寫以呈, 下覽後, 卽賜校正, 勿靳弁卷之序, 千萬伏望.
餘在迷督口達, 謹不備伏惟.

　모시고서 맑은 가르침을 받은 지 벌써 여러 달이 되었지만 감사
하고 그리운 마음은 더욱 간절합니다. 가을 추위에 도체道體는 좋
으시고 아드님도 공부 잘 하고 지내는지 간절히 그립습니다.

　저는 가난한 집에 엎드려 지내면서 때때로 옛 사람들이 남긴 서
책[1]을 통해 약간의 의미를 깨닫고는 있지만, 옛것은 아득하고 새
로운 것에는 어두워 발전할 실마리조차 없으니 아마도 소인으로
돌아갈 날이 머지않은 듯합니다. 죄송하고 민망함을 어찌하겠습
니까?

　저희 돌아가신 아버님의 유고遺稿가 책상자에 흩어져 있어 아직
도 문집을 간행[2]하지 못하고 있으니 모두 다 저의 잘못입니다. 이번
에 겨우 글을 수집하고 간행할 계획을 세웠는데 지금 세상에 학문

과 성품이 넓고 단아한 군자가 교정과 서문을 맡아주어야 세상에
영원히 남길 수 있기에 이렇게 감히 정서하여 올리니, 보시고서 곧
바로 교정을 해주시고 아낌없이 문집의 서문을 써주시기를 간곡히
바랍니다.

나머지 사연은 아들[3]을 통해 말로 전하겠습니다. 이만 줄입니다.

---

1. **서책**: 원문은 '糟粕'. 옛사람이 남긴 서책을 이름. 춘추시대 제 환공齊桓公
   이 일찍이 대청 위에서 글을 읽고 있을 때, 마침 수레바퀴를 깎는 편扁이
   란 장인匠人이 대청 아래에서 수레바퀴를 깎고 있다가 제 환공에게, "감히
   묻겠습니다. 대왕께서 읽으시는 것이 무슨 말입니까?[敢問公之所讀者何言
   耶]"라고 하자, 환공이 성인聖人의 말씀이라고 하였다. 그러자 그가 성인은
   살아 있는지 묻자, 환공이 이미 돌아갔다고 대답하니, "그렇다면 대왕께서
   읽으시는 것은 옛사람의 찌꺼기일 뿐입니다.[然則君之所讀者 古人之糟粕
   已夫]"고 한데서 유래함.《장자莊子》〈천도天道〉

2. **문집을 간행**: 원문은 '繡棗'. 책을 간행함. 대추나무에 글씨를 새겨 책을 간
   행한 데서 유래함.

3. **아들**: 원문은 '迷督'. 자기 자식을 낮추어 이르는 말. 가돈家豚·가아家兒·
   돈견豚犬·미식迷息·미아迷兒·천식賤息·치아癡兒 등으로 씀.

36. 답서答書

兩郡臨阻便使荒瞻姜人子當

至悅一深書至厚一百二秋至

始那恒在介之于寸遣為

今哥八门神跋 恵榊莊評

無歉承重少量

經體佳曲元那顆悅先集剞

兩朔貽阻 便若曠世 人事 豈

其悅之深 愛之厚 一日三秋而

然耶 恒在介介于中 適茲

令哥入門 袖致惠械 莊誦

無斁 承審小春

經體佳迪 允副顒祝 先集劑

刷〻後栖審熊頒戸以第清

偷坊家夕以經紀二弟弓士

左宋一眉〻助邪挍切責亟

申精拿日索集打言吉柱

姜同愚佳悔耳侈子惨志

户細化己馨姜家更舉己指

厠之役　極庸艷賀　而以若淸

儉故家　何以經紀　亦能有士

友間　一臂之助耶　旋切貢慮

弟　精氣日索　衰朽益甚　頓

無陽界佳悰耳　俯示恪悉

而編次已整　無容更讐　至於

每篇文字托名為榮寵署書詞
學兄於此不免省佛臣一嘆
奇由議清渡此練石室像

弁卷文字 托名爲榮 第當竭

鴑見 然恐不免着佛頭之糞

奈何奈何 留竢後便 姑縮不宣儀

답서答書

兩朔貽阻, 便若曠世人事. 豈其悅之深, 愛之厚, 一日三秋而然耶? 恒在
介介于中, 適玆令哥入門, 袖致惠械, 莊誦無斁. 承審小春, 經體佳迪,
允副顒祝. 先集剞劂之役, 極庸艶賀, 而以若淸儉故家, 何以經紀, 亦能
有士友間, 一臂之助耶? 旋切貢慮. 弟, 精氣日索, 衰朽益甚, 頓無陽界佳
悰耳. 俯示恪悉, 而編次已整. 無容更讐, 至於弁卷文字, 托名爲榮. 第當
竭駑見, 然恐不免着佛頭之糞, 奈何奈何? 留竢後便, 姑縮不宣儀.

　두 달 동안 소식이 막혔던 것은 세상에 드문 인사인 듯한데, 이는
아마 깊고 두터운 기쁨과 사랑으로 하루가 3년처럼 느껴져서 그런
것이 아니겠습니까? 그래서 늘 마음이 편치 않았습니다. 이때 마침
아드님[1]이 찾아와 소매에 넣고 온 편지를 전해주어 읽어보고는 매
우 기뻤습니다.

　10월[2]에 경체經體가 좋으시다는 소식은 참으로 저의 바람 대로였
습니다. 선친의 문집을 간행할 일은 매우 축하드립니다. 그런데 청
렴하고 검소한 명문집안에서 어떻게 꾸려나가실지, 사우들 사이에
작은 도움이라도 있는지요? 매우 걱정입니다.

　저는 절로 정신은 삭막해져만 가고 몸은 쇠약함이 더욱 심해져
만 가니 이승의 아름다움이라고는 도무지 없습니다. 말씀하신 것
은 잘 알겠습니다. 편차는 이미 정리를 해놓은 상태라 다시 교정을

보지 않아도 될 것입니다. 그리고 서문에 이름을 의탁하는 것을 영
광스럽게 생각합니다.

마땅히 노둔한 견해를 다하기는 하겠지만 훌륭한 글에 도리어 오
점[3]이나 남기지 않을지 두려우니 어찌하겠습니까?

나머지는 뒤의 인편을 기다렸다가 하기로 하고 이만 줄입니다.

---

1. **아드님**: 원문은 '令哥'. 상대의 아들을 높여 이르는 말. 영윤令胤·영윤英胤·
   옥윤玉胤·윤군允君·윤군胤君·윤랑允郎·윤랑胤郎·윤사允舍·윤사胤舍·
   윤아胤兒·윤옥允玉·윤우允友·윤우胤友·재방梓房·재사梓舍·현기賢器·
   현랑賢郎·현사賢嗣·현윤賢允·현윤賢胤 등으로도 씀.

2. **10월**: 원문은 '小春'. 음력 10월을 달리 이르는 말.

3. **훌륭한⋯⋯오점**: 원문은 '佛頭之糞'. 이미 그 자체로 아름다운데 공연히 더
   러운 것을 보태어 추하게 만들어 버리는 것을 이름. 《경덕전등록景德傳燈
   錄》〈여회선사조如會禪師條〉

37. 차전서借錢書

新陽仁復 仰詢天棣 印雉丞
王道長
將善味芭蕓 峕康寧 遠沐
悵 東去以勤 憂擁寮州
孝孫 述 向 弟二携 既運 輸
寸數 日 爲 耳 況 門分 出 歲 某

新陽仁復 仰認天機 卽惟君
子道長
靜養味道 對時康寧 遠溸
憧憧 弟 間以薪憂 擁衾叫
苦 殆近旬朔 而擡頭運脚 今
才數日焉耳 況門外徵索 歲

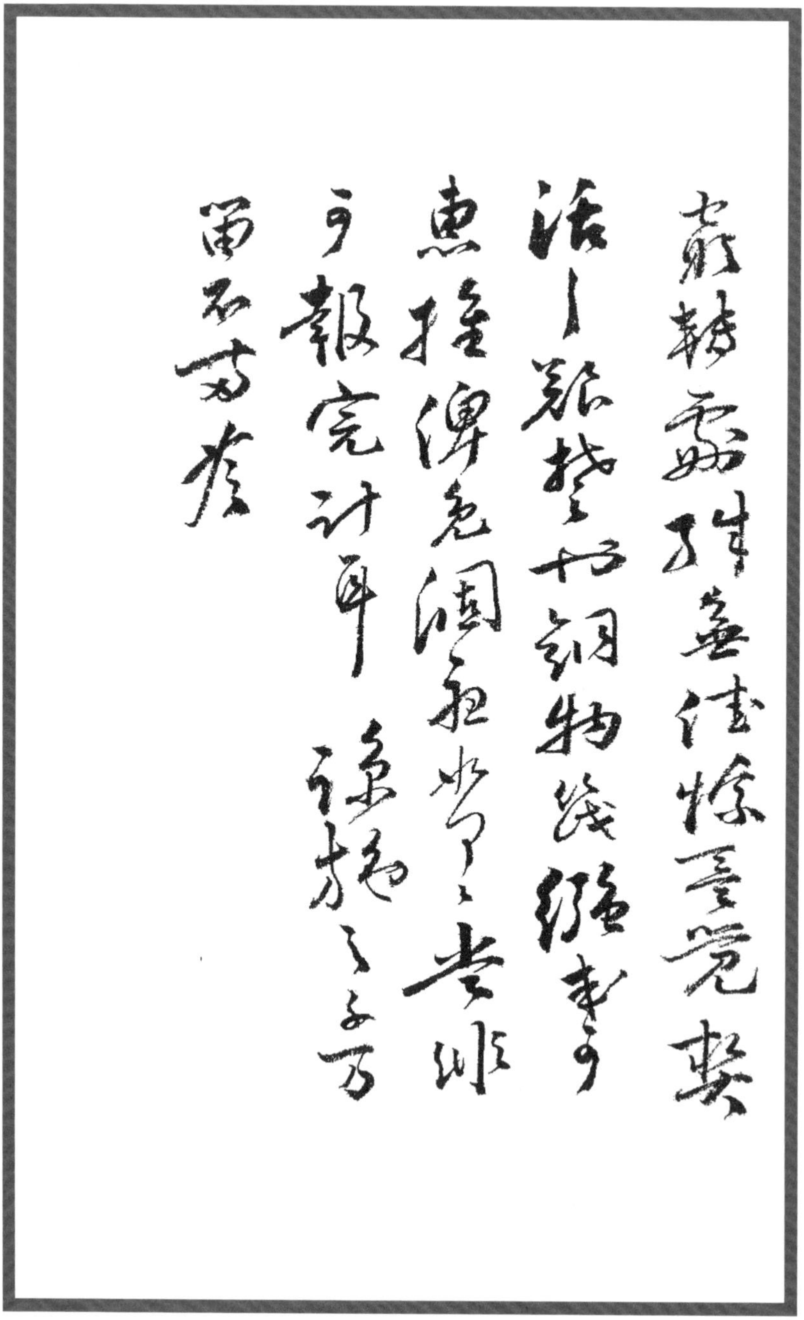

庶转霜殊无住�17三完葵

浩一荪整和詞物後继去力

惠捉偉免调和少了去非

于報完计平强施去子方

用石为灸

窮轉劇 殊無佳悰 益覺契

活之艱楚也 銅物�緵 或可

惠推俾免涸憂 如何如何 當非

可報完計耳 諒施之千萬

留不備候

차전서借錢書

新陽仁復, 仰認天機, 卽惟君子道長, 靜養味道, 對時康寧, 遠漆
憧憧. 弟, 間以薪憂, 擁衾叫, 苦 殆近旬朔, 而擡頭運脚, 今才數日
焉耳. 況門外徵索, 歲窮轉劇, 殊無佳悰, 益覺契活之艱楚也. 銅物
筴縼, 或可惠推, 俾免涸憂, 如何如何? 當非可報完計耳. 諒施之千
萬. 留不備候.

　새봄이 돌아오니 자연의 작용을 알겠습니다. 군자의 도가 자라나
는 계절[1]에 정양靜養하여 도를 음미하고 천시에 순응하며 건강하게
지내시는지 멀리서 간절히 그립습니다.

　저는 그사이 병[2]으로 이불을 감싸 안고 열흘 가까이 신음하며 지
내다가 머리를 들고 다리를 움직일 수 있는 것도 이제 겨우 며칠
밖에 되지 않았습니다. 더구나 문밖 세금독촉[3]은 해가 저물수록
더 심해져만 가니 좋은 일이라고는 없어 사는 것이 더욱 고통스럽
습니다.

　혹시라도 돈을 좀 빌려주어 위기에 빠진 저의 근심[4]을 구해주시
는 것이 어떻습니까? 애당초 다 갚을 계획은 아니지만, 헤아려주시
기를 간절히 바랍니다.

　이만 줄입니다.

1. **군자의⋯⋯계절**: 원문은 '君子道長'. 만물이 자라나는 봄날의 정월이 돌아왔다는 말. 음력 11월에 하나의 양효陽爻가 처음으로 생겨났다가 1월이 되면 세 개의 양효가 하괘下卦에 자리하고 세 개의 음효가 상괘에 자리하는 태괘泰卦를 이룬다. 《주역周易》 태괘泰卦 〈단전象傳〉에 "군자를 안에 있게 하고 소인을 밖에 있게 하니, 군자의 도가 자라나고 소인의 도가 없어진다.[內君子而外小人 君子道長 小人道消也]"고 한 데서 유래함.

2. **병**: 원문은 '薪憂'. 자신의 병을 낮추어 이르는 말로, "임금이 선비에게 활을 쏘라고 명할 때, 만약 쏠 형편이 못 되면 병을 핑계로 사양하면서 '저는 섶나무를 짊어진 여독이 있습니다.[某有負薪之憂]' 하였다."고 한 데서 유래함. 《예기禮記》 〈곡례 하曲禮 下〉

3. **세금독촉**: 원문은 '徵索'. '徵求討索'의 준말로, 돈이나 곡식 따위를 강제로 요구하는 일.

4. **위기에⋯⋯근심**: 원문은 '涸憂'. "물이 바짝 말라 물고기들이 맨바닥에 있으면, 서로 김을 내뿜어 축축하게 해 주고 거품으로 서로 적셔 준다.[泉涸魚 相與處於陸 相呴以濕 相濡以沫]"고 한 데서 유래함. 《장자莊子》 〈대종사大宗師〉

38. 답서答書

料襮星來 獲拜峀翰 慰

感沒量 承審

至寒

兄體寧謐 所愼夬占妄五 旣慮

且賀 弟狀 一是舊樣人耳

示中 門外徵索 此是安豐處

士二不免やや惶毛安を煌送が
付人阿昧遇物在付星呈與飯為好
面之多謝

士所不免也　惟幸安分娛道　如
何如何阿賭物　隨存付呈　照領爲好
留不備謝

답서答書

料襨星來, 獲拜峀翰, 慰感沒量. 承審至寒, 兄體寧謐, 所愼夬[快]占妄
五, 旣慮且賀. 弟狀, 一是舊樣人耳. 示中, 門外徵索, 此是安豊處士, 所
不免也. 惟幸安分娛道, 如何如何? 阿賭物, 隨存付呈, 照領爲好. 留不
備謝.

  뜻밖에 종¹이 와서 보내신 편지를 받고 헤아릴 수 없이 위안이 되
고 감사하였습니다. 동짓달 추위에 형께서 잘 지내시고 앓고 계신
병²이 상쾌하게 나을³ 점괘를 얻었으니 걱정하면서도 축하를 드립
니다.

  저는 한결같이 예나 다름없이 지내고 있습니다. 말씀하신⁴ 가운
데 문밖 세금독촉은 안풍安豊에 살던 처사處士⁵도 벗어나지 못하였
으니, 오직 분수를 편안히 여기시고 도를 즐기시는 것이 어떻습니
까? 눈에 보이는 물건은 있는 대로 보내드리니 살펴 받아주시기 바
랍니다.

  이만 줄이고 답장을 드립니다.

1. **종**: 원문은 '星'. 당唐 나라 한유韓愈의 종[奴] 가운데 성성이란 자가 있어 이후부터 종을 이르는 말로 씀.

2. **병**: 원문은 '所愼'. "공자가 삼가신 것은 재계와 전쟁과 질병이었다.[子之所愼 齊戰疾]"고 한 데서 유래함.《논어論語》〈술이述而〉

3. **병이……나을**: 원문은 '妄五'. 병이 약을 쓰지 않아도 저절로 낫는다는 뜻으로 병의 쾌유를 비유하는 말.《주역周易》무망괘无妄卦 구오九五의 효사爻辭에 "잘못한 일이 없이 생긴 병이니, 약을 쓰지 않아도 저절로 낫는 기쁨이 있으리라.[无妄之疾 勿藥有喜]"라고 한 데서 유래함.

4. **말씀하신**: 원문은 '示'. 상대가 편지에서 부탁한 말을 이름. 시교示敎·시급示及·시사示事·시유示喩·시의示意 등으로도 씀.

5. **안풍에……처사**: 원문은 '安豊處士'. 당唐의 동소남董召南이 안풍安豊에 살았는데 당시 자사刺史가 천자天子에게 그의 어짊을 추천하지 않아 작록爵祿은 오지 않고 날마다 관리가 와서 조세만 독촉하였음.《소학小學》외편外篇〈한문공韓文公·동생행董生行〉

39. 최촉반서서 催促返書書

軍務逸豫 惟愛政坐書至

獨佩

比棟秋度安制諸程言喜

甚有枉荒至達人不及云云妙

伃賀伃篋身其善粗寧移

幸今而話彼乐幸事優遊

歲簫垂暮　懷想政苦　未審

殘臘

侍棣體度安衛　課程益當

富有　獨覺其進人不及知之妙

仰賀仰羨　弟　慈節粗寧　私

幸而所謂做業　專事優遊

不免往废叫月是々為兩四

内去確上經搏色咀嚼善竝弱

用曼情三々五兵闹正後事

波闹老此回臣拼多何一平便

不為其况餘匹萝狐甬和冯望

放

不免浪度時月 是可爲悶耳

向者 壁經 想已咀嚼無餘 能

用曼倩三冬工矣 開正後 弟

欲開卷 此回還擲 若何 歲餘

不多 只祝餞迓蔓祉 留不備書

禮

최촉반서서 催促返書書

歲篇垂暮, 懷想政苦, 未審殘臘, 侍棣體度安衛, 課程益當富有, 獨覺其進人不及知之妙, 仰賀仰羨. 弟, 慈節粗寧, 私幸, 而所謂做業, 專事優遊, 不免浪度時月, 是可爲悶耳. 向者, 壁經, 想已咀嚼無餘, 能用曼倩三冬工矣. 開正後, 弟, 欲開卷, 此回還擲, 若何? 歲餘不多, 只祝餞迓蔓祉, 留不備書禮.

세월[1]이 저물어 가니 그리움으로 마음이 괴롭습니다. 얼마 남지 않은 섣달에 부모님 모시는 형제들도 잘 지내시는지요? 공부는 더욱 넉넉하여 남들이 미처 알지 못하는 오묘한 경지를 홀로 깨달았을 것이니 축하드리고 부러울 뿐입니다.

저는 어머니께서 별고 없이 지내시니 다행입니다. 그러나 저는 공부에는 오로지 하릴없이 놀면서 세월을 허비하고 있으니 고민스럽습니다.

지난번 《서경書經》[2]은 이미 남김없이 다 음미를 하며 만천曼倩처럼 겨울 석 달 공부[3]에 쓰였으리라 생각됩니다. 내년 초에 제가 그 책을 보려고 하니 이번에 돌려주시는 것이 어떻습니까?

한해가 많아 남지 않았는데 새해 복 많이 받으시기를 빌며 이만 줄입니다.[4]

1. **세월**: 원문은 '歲籥'. '籥'은 계절의 변화를 측정하기 위해 갈대의 재를 채운 옥대롱을 이름.

2. **서경**: 원문은 '壁經'. 공자의 옛 집 벽에서 발견되어 붙여진 이름으로 '벽중서壁中書'라고도 함.

3. **만천처럼……공부**: 원문은 '曼倩三冬工'. '만천曼倩'은 동방삭東方朔의 자. 겨울철 석 달간의 농한기에 독서하며 학문에 매진함을 이름. 동방삭이 한 무제漢武帝에게 올린 글에 "나이 13세에 글을 배워 겨울 석 달간 익힌 문사의 지식이 응용하기에 충분하다.[年十三學書 三冬文史足用]"고 함. 《한서漢書》〈동방삭열전東方朔列傳〉

4. **이만 줄입니다**: 원문은 '留不備書禮'. '나머지는 남겨두고 편지의 예를 갖추지 않습니다.'는 의미임.

40. 답서答書

凍屋凔綀方念信庚承住

華函悅如寒芳鄙律扣金

有體上康茶評已曰携

證主乃好心漫得䔍荖如弟

夢魚心為勉主道於金

賀六等住子依寧章中心恵

凍屋深縮 萬念俱灰 承此
華函 怳如寒谷鄒律 拜審
省體上康泰 課工過自撝
謙 無乃故作謾語 警發如弟
昏愚 以爲勉進之道耶 慰
賀慰賀
弟 侍事依寧幸也 向惠

幸经僅以篇诗二沛务奥号

今春決洛一方古二止月

籾此己单去此沙闲窗垂義

日旦聿敷荛遑严审完璧子

体等仗姓匜新蕃德正当沭

在伊悄　　光焰

書經 僅得篇誦 而微辭奧旨

全未有浹洽之方 奈何奈何 只自

歎咄而已 歲色如紗 開卷無幾

日且盛敎若是 玆庸完璧耳

餘冀侍體迓新萬禧 不備謝

候 仰惟兄炤

답서答書

凍屋深縮, 萬念俱灰. 承此華函, 怳如寒谷鄒律. 拜審省體上康泰, 課工
過自撝謙, 無乃故作謾語, 警發如弟昏愚, 以爲勉進之道耶? 慰賀慰賀.
弟, 侍事依寧幸也. 向惠書經, 僅得篇誦, 而微辭奧旨, 全未有浹洽之方,
奈何奈何? 只自歎咄而已. 歲色如紗, 開卷無幾日, 且盛教若是, 茲庸完
璧耳. 餘冀侍體迓新萬禧, 不備謝候, 仰惟兄炤.

추운 집에서 깊숙이 웅크리고 있으니 모든 생각들이 차가운 재
처럼 사그라졌습니다. 이때 보내신 편지를 받으니 마치 차가운 골
짜기에 따뜻한 기운[1]이 일어나는 듯합니다.

부모님 모시고 잘 지내시고 공부에 대해 스스로 지나치게 겸손
하여 일부러 괜한 말씀으로 저같이 어리석은 사람을 일깨워 힘
써 발전하게 하려는 것이 아닌지요? 위안이 됩니다.

저는 부모님 모시며 잘 지내고 있는 것이 다행입니다. 지난번
은혜를 베풀어 빌려주신 《서경書經》은 겨우 편篇만 외었을 뿐 은
미하고 깊은 의미를 전혀 가슴 속에 무젖게[2] 할 방법이 없으니
어찌하겠습니까? 다만 스스로 탄식하며 혀를 찰 뿐입니다.

남은 한해가 깁처럼 얇아 책을 펴 볼 날도 며칠 남지 않았고
또 이렇게 말씀하시니 책은 돌려 드리겠습니다. 나머지는 부모님
모시고 새해 복 많이 받으시기를 빌며 답장을 올리니 형께서 살

펴주십시오.

---

1. **따뜻한 기운**: 원문은 '鄒律'. 추연鄒衍은 제齊나라 임치臨淄사람인데 연 소
왕燕昭王이 갈석궁碣石宮을 짓고 모셔와 사사師事하였다. 일찍이 북방의
땅은 아름답지만 추워서 오곡五穀이 자라지 않았는데 추연이 율律을 불
어 따뜻하게 하니, 화서禾黍가 자라났다고 함. 《열자列子》〈탕문湯問〉

2. **가슴 속에 무젖게**: 원문은 '浹洽'. '學而時習'에 대한 정자程子의 주석에 "習은
거듭함이니, 때로 다시 생각하고 연역해서 가슴속에 무젖게 하면 기뻐지
는 것이다.[習 重習也 時復思繹 浹洽於中 則說也]"고 함. 《논어論語》〈학이
學而〉

부록1 각 달의 이칭異稱

음력 1월

단월端月, 맹양孟陽, 맹추孟陬, 맹춘孟春, 발세發歲, 방세芳歲, 발춘發春, 신원新元, 세수歲首, 세초歲初, 수세首歲, 연두年頭, 원월元月, 원정元正, 인월寅月, 이단履端, 월정月正, 정월正月, 정초正初, 조세肇歲, 청양靑陽, 초세初歲, 초춘初春, 추월陬月, 태월泰月, 태주大簇, 화세華歲, 헌세獻歲

음력 2월

감춘酣春, 대장월大壯月, 묘월卯月, 여월如月, 여월麗月, 여한餘寒, 영월令月, 제석帝釋, 중양仲陽, 중춘仲春, 춘은春殷, 춘한春寒, 협종夾鍾, 화조華朝

음력 3월

가월嘉月, 계춘季春, 고선姑洗, 곡우穀雨, 도월桃月, 동월桐月, 만춘晩春, 모춘暮春, 병월病月, 방신芳辰, 소화韶華, 염양艶陽, 잠월蠶月, 재양載陽, 전춘殿春, 중화中和, 진월辰月, 청명淸明, 춘훤春暄, 쾌월夬月, 혜풍惠風, 화월花月

음력 4월

건월乾月, 괴하槐夏, 괴훈槐薰, 맥량麥涼, 맥추麥秋, 맹하孟夏, 사월巳月, 수요절秀葽節, 시하始夏, 여월余月, 앵하鶯夏, 유하維夏, 입하立夏, 정양正陽, 중려仲呂, 초하初夏, 청화절淸和節

음력 5월

고월皐月, 구월姤月, 매림梅林, 매우梅雨, 매월梅月, 매자우梅子雨,
매천梅天, 매하梅夏, 명조鳴蜩, 오월午月, 유빈蕤賓, 유열榴烈, 유하榴夏,
유화榴花, 유화월榴花月, 유홍榴烘, 조염早炎, 주양朱陽, 주하朱夏,
중오重午, 중하仲夏, 포월蒲月, 하오夏五, 훈풍薰風

음력 6월

구월具月, 구토월具土月, 계하季夏, 계월季月, 둔월遯月, 만하晚夏, 미월未月,
복염伏炎, 복월伏月, 비열比熱, 비염比炎, 비염沸炎, 상하常夏, 서월暑月,
성염盛炎, 소서小暑, 액달厄−, 염열炎熱, 염증炎蒸, 요염燎炎, 유열庚熱,
유염庚炎, 유월流月, 임종월林鍾月, 장하長夏, 재양災陽, 증염蒸炎,
차월且月, 치염熾炎, 형월螢月, 혹염酷炎, 홍염烘炎

음력 7월

개추開秋, 과기瓜期, 과월瓜月, 교월巧月, 금천金天, 난월蘭月, 난추蘭秋,
냉월冷月, 노량露凉, 동월桐月, 만열晚熱, 만염晚炎, 맹추孟秋, 미랭微冷,
상월相月, 상추上秋, 소추小秋, 수추首秋, 신량新凉, 신월申月, 신추新秋,
양월凉月, 양천凉天, 오월梧月, 오추梧秋, 유화流火, 이칙夷則, 조추肇秋,
조추早秋, 초량初凉, 초추初秋

음력 8월

가월佳月, 계월桂月, 계추桂秋, 고추高秋, 관괘觀卦, 교월巧月, 관월觀月,
남려南呂, 노냉露冷, 소월素月, 안월雁月, 엽월葉月, 영한迎寒, 완월玩月,
월석月夕, 유월酉月, 장월壯月, 정추正秋, 조월棗月, 중상仲商, 중추仲秋,
중추절仲秋節, 청추淸秋, 추고秋高, 추양秋陽, 추은秋殷, 추천秋天,
한단寒旦

음력 9월

계상季商, 계추季秋, 국령菊令, 국월菊月, 국추菊秋, 궁추窮秋, 노추老秋,
만추晩秋, 모상暮商, 모추暮秋, 무역無射, 박월剝月, 상강霜降, 상랭霜冷,
상신霜辰, 상후霜候, 술월戌月, 영월詠月, 잔추殘秋, 초추杪秋, 추계秋季,
추말秋末, 추상秋霜, 추심秋深, 풍신楓辰, 현월玄月

음력 10월

개동開冬, 곤월坤月, 동난冬暖, 동훤冬暄, 맹동孟冬, 방동方冬, 상월上月,
상동上冬, 소춘小春, 소양춘小陽春, 양월陽月, 양월良月, 응종應鍾,
조동肇冬, 초동初冬, 초설初雪, 초한初寒, 해월亥月

음력 11월

가월葭月, 고월辜月, 기한祈寒, 남지南至, 복월復月, 설한雪寒, 성한盛寒, 선양線陽, 수세首歲, 신양新陽, 양복陽復, 응호凝冱, 일선양一線陽, 자월子月, 정동正冬, 주정周正, 중동仲冬, 지월至月, 지한至寒, 지호至冱, 창월暢月, 황종黃鍾

음력 12월

가평嘉平, 계동季冬, 궁기窮紀, 궁동窮冬, 궁랍窮臘, 궁임窮稔, 궁호窮冱, 납미臘尾, 납월臘月, 대려大呂, 도월涂月, 만동晚冬, 모동暮冬, 모세暮歲, 모절暮節, 빙월氷月, 사월蜡月, 세초歲杪, 엄월嚴月, 절계節季, 제월除月, 청사淸祀, 초동杪冬, 축월丑月

부록2 고갑자古甲子

1. 천간天干

	春		夏		共用	
	木, 靑, 東		火, 赤, 南		土, 黃, 中	
	甲	乙	丙	丁	戊	己
爾雅	閼逢	旃蒙	柔兆	强圉	著雍	屠維
史記	焉逢	端蒙	游兆	彊梧	徒維	祝犂

	秋		冬	
	金, 白, 酉		水, 金, 北	
	庚	辛	壬	癸
爾雅	上章	重光	玄黓	昭陽
史記	商陽	昭陽	橫艾	尙章

2. 지지地支

	子	丑	寅	卯	辰	巳
爾雅 史記	困敦	赤奮若	攝提格	單閼	執徐	大荒落
歲次	玄枵	星紀	析木	亶安, 大火	壽星	鶉尾

	午	未	申	酉	戌	亥
爾雅 史記	敦牂	協洽	涒灘	作噩	閹茂 庵茂	大淵獻
歲次	大律, 鶉火	鶉首	實沈	大梁	降婁	諏訾

색인

저자 소개

박상수朴相水

민족문화추진회(現 한국고전번역원) 연수부·일반연구부 졸업
국사편찬위원회 초서 초급·고급 과정 졸업
단국대학교 한문학과 박사과정 수료
前) 단국대학교 동양학연구소 전문위원
前) 단국대학교 강사
前) 한국한문학회 출판이사
現) 뿌리정보미디어 한문번역위원
現) 사단법인 고전문화연구회 상임연구위원

탈초 · 번역서 및 저서

- 고시문집古詩文集
- 붓 끝에 담긴 향기香氣
- 동작금석문집銅雀金石文集
- 사상세고沙上世稿
- 미국와이즈만미술관소장 한국문화재도록
- 다천유고茶泉遺稿
- 고우영과 함께하는 교육부선정 한자 1800, 1-10
- 한자능력검정시험교재 8급-4급
- 탈초국역脫草國譯 초간독草簡牘

국립중앙도서관 출판예정도서목록(CIP)

간찰 선비의 일상 : 겸산선생(謙山先生) 간찰필첩(簡札筆帖)
／ 저자: 박상수. —— 서울 : 수류화개, 2017
    p. ；   cm

권말부록: 각 달의 이칭 ; 고갑자
색인수록
ISBN 979-11-957915-2-1 93810 : ₩20000

편지[便紙]
서간 문학[書簡文學]
조선 시대[朝鮮時代]

816.5-KDC6
895.762-DDC23   CIP2017010105

간찰 선비의 일상
겸산선생謙山先生 간찰필첩簡札筆帖

2017년 5월 1일 초판 1쇄 발행

탈초 번역 박상수

발행인 전병수
책임편집 전병수
편집·디자인 배민정
발행 도서출판 수류화개
등록 제307-2015-18호(2015.3.4.)
주소 서울시 성북구 정릉동 솔샘로 25길 28
전화 070-7514-0248
메일 waterflowerpress@naver.com
홈페이지 http://blog.naver.com/waterflowerpress
값 20,000원
ISBN 979-11-957915-2-1 93810